PARIS
E. BERNARD, IMPRIMEUR-ÉDITEUR
29, QUAI DES GRANDS-AUGUSTINS, 29

Petite Collection E. BERNARD

N° 25

Le Roman d'une Ambitieuse

Par Auguste Lepage

PARIS

E. BERNARD, IMPRIMEUR-ÉDITEUR

29, Quai des Grands-Augustins, 29

Le Roman d'une Ambitieuse

I

Les cloches de l'église de Naives-en-Blois sonnaient à toutes volées le troisième appel pour la grand' messe. Les femmes et les jeunes filles dans leurs plus pimpants atours villageois sortaient des maisons munies de leur livre d'offices, donnaient aux portes un tour de clef et, isolées ou par groupes, se dirigeaient lentement vers le temple. Les hommes faisaient bande à part, les sujets de conversation n'étaient pas les mêmes ; les femmes parlaient de l'événement qui venait d'avoir lieu, l'arrivée de Mlle Colette d'Olbreux, qui quittait le couvent pour venir demeurer définitivement avec sa mère, quant aux maris et célibataires mûrs, ils s'occupaient surtout du temps et des cultures, on était en pleine fenaison, le temps favorable jusqu'alors, avait permis d'avancer les travaux et donné aux plantes une avance exceptionnelle.

La température les intéressait bien plus que la jeune pensionnaire fraîchement débarquée dont on attendait la venue à l'église. Les garçons, curieux, sans vouloir le paraître, avaient formé un groupe à part où il était surtout question de Mlle Colette que l'on aperçut enfin, au tournant d'une rue, s'avancer vers le temple. Sa mère l'accompagnait, les deux femmes marchaient avec une lenteur calculée, sentant fixés sur elles des yeux indiscrets, elles affectaient de causer sérieusement, faisaient des temps d'arrêt quand leurs phrases échangées prenaient un caractère plus grave nécessitant une attention plus grande, puis reprenaient leur marche, une demi-minute suspendue.

Les villageoises qui les précédaient s'arrêtaient également, pour les laisser passer et les voir tout à leur aise; à ces curieuses, la mère et la fille faisaient en guise de salut un léger mouvement de la tête auquel les paysannes répondaient par un « bonjour mesdames » cérémonieux, quand elles passèrent entre les hommes, les jeunes ne virent que Mlle Colette qui entra dans l'église, marchant derrière Mme d'Olbreux, elles disparurent au milieu des habitants de Naives arrivant au même moment. Les cloches avaient fini leur harmonieux appel et égrénaient leurs derniers tintements. Curieux et retardataires s'empressèrent de gagner leur place et l'office commença.

Il y eut ce dimanche là, bien des distractions parmi les assistants, heureusement que l'officiant ne monta pas en chaire, car ses paroissiens n'auraient point écouté son discours, la messe fut courte parce que les travaux pressaient et qu'il fallait profiter du beau temps pour les terminer.

A la sortie se manifestèrent les mêmes incidents qu'à l'entrée : Mme d'Olbreux et sa fille ayant sans doute repris la suite de leur conversation interrompue par l'accomplissement de leurs devoirs religieux, affectaient de se causer tout bas et traversèrent les groupes qui s'étaient formés pour les attendre. Chacun se dirigea vers son logis où cuisait le dîner, une soupe au lard et des légumes, que l'on allait absorber rapidement pour se rendre dans les champs. On trouva que Mlle d'Olbreux était fort jolie mais on critiqua sa toilette comme trop luxueuse et tout l'après-midi partout où des campagnards se rencontraient, les échanges de réflexions eurent lieu et se terminèrent tous par la même phrase :

— De trop beaux vêtements pour une fille pauvre, jamais elle ne trouvera un mari.

Mme d'Olbreux, en effet, était loin d'être riche. Veuve d'un modeste employé de l'Etat, elle avait pour toute ressource une rente viagère de douze cents francs et une maison avec, comme dépendance, un jardin assez grand. Sa fille fréquenta l'école primaire jusqu'à douze ans, elle la mit ensuite en pension à Bar-le-Duc, aussitôt sa première communion faite. La petite Colette ne reparut plus au village que deux fois par an, aux grandes vacances et à Pâques. Elle devint bientôt une demoiselle qui daignait à peine saluer ses anciennes amies qui aidaient leurs parents dans leurs travaux, avaient aux mains des durillons et portaient des vêtements fanés par le soleil et les pluies, et souvent rapiécés. Leurs pieds, chaussés de souliers cloués pour résister à la marche, semblaient ridicules à Colette et les chapeaux de grosse paille, de forme tout à fait antiartistique n'avaient qu'une ressemblance très vague avec les dernières créations des demoiselles Rondeau. La jeune pensionnaire eut craint de se compromettre en causant à ces jeunes filles à la démarche un peu lourde, n'ayant pas sa tenue élégante ni la fraîcheur de son teint et la blancheur de ses mains. Puis elles parlaient mal le français avec des locutions de terroir qu'elle trouvait vulgaires parce qu'elle ne pouvait en apprécier la saveur.

Sa mère s'était toujours montrée bonne personne ; familière, accueillante, mais d'un caractère mou ; on l'aimait, bien qu'on lui reprochât un peu de paresse et chaque fois que revenait Colette, on disait :

— Elle aura tous les défauts de sa mère, sans ses qualités.

Et on la prenait en haine. Quand elle fut retirée de sa pension, son mépris des autres s'accentua au point que Mme d'Olbreux lui en fit l'observation :

— Pourquoi ne te montres-tu pas plus aimable avec les gens de Naives ? lui dit-elle.

— Ils sont trop vulgaires et pas de mon monde.

— Ton monde, jusqu'à présent, est bien limité. Tu n'es pas riche, il faudra bientôt songer à te marier et ce sera difficile, pas de dot, ni en terre, ni en argent. Si tu voulais, tu possèdes la beauté, c'est précieux, avec cela et de la douceur de caractère, tu pourrais trouver un mari.

— Pour aller travailler la terre ?

— Pourquoi pas. Les filles les plus riches du village n'ont pas peur d'aller aux champs.

— C'est leur affaire, je ne leur envie pas ce bonheur.

— Tant pis pour toi, tu resteras vieille fille ou tu feras des sottises.

— Je ne crois pas. Dans tous les cas comme je ne les commettrai point par passion, mais volontairement après réflexions sérieuses, elles me seront profitables.

Mme d'Olbreux eut peur :

— Quoi donc ? fit-elle d'une voix tremblante.

— Un mari ayant une position en vue.

— J'aime mieux cela. Qu'il soit vieux ou jeune puisque cela semble t'être tout à fait indifférent, pourvu que ce soit un mari.

— Ah ! tu craignais un amant, de ce côté sois tranquille ; c'est une union légale que je recherche, autrement je serai forcée de vivre en marge de la société, ce que je ne veux pas.

— Où le trouveras-tu l'homme que tu rêves, avec tes idées bizarres. Un garçon riche ne voudra point de toi.

— Peut-être, si je sais m'en faire aimer. Et puis, il y en d'autres.

— Lesquels ? Tu n'épouseras jamais un pauvre diable.

— Qui sait, s'il a une position.

— Quelle position? un petit employé?

— Oui, s'il est employé du gouvernement.

— Comme ce n'est pas un chef qui te recherchera, tu te contenteras alors d'un poste modeste, peu rétribué. Avec tes goûts, ce sera la misère, en admettant que ce phénix se trouve sur ton chemin.

— Quand je serai sa femme, je me chargerai de son avancement si lui-même manque d'initiative ou d'intrigue, comme on dit. Du reste un des gros bonnets de l'administration, vieux garçon, ou veuf, peut s'éprendre de ma personne, laquelle, sans vouloir me flatter, n'est pas trop mal et peut exciter les appétits. Alors, on ne s'occuperait plus de ma dot puisque je livrerais mon corps de vingt ans à ses caresses séniles. Je veux me faire une place large dans la vie, je tiens à la fortune pour les jouissances qu'elle donne, à une situation mondaine pour les satisfactions d'amour-propre qu'elle procure. Tu ne t'es pas imaginé, je suppose, que j'allais vivre en ta société, dans ce village, occupée seulement à planter des fleurs, des légumes, dans notre jardin, faire des confitures avec nos cerises et nos groseilles; coudre, broder; me promener par le beau temps; rester enfermée l'hiver au coin du feu, à regarder la flamme ou tisonner les bûches; me coucher ensuite et cela durant un nombre interminable d'années, si je suis destinée à vivre longtemps.

— C'est là ce qu'on t'a appris à ta pension?

— Non, les bonnes sœurs m'ont enseigné avec le

plus grand zèle tout ce qu'une jeune fille honnête et pure doit savoir. Elles ont eu en moi une élève excellente qu'elles trouvaient trop orgueilleuse, et pour combattre mon orgueil n'ont pas ménagé les conseils que je n'ai pas suivis ; mais en même temps que leurs leçons de morale et de vertu où il n'était question que de douceur, de modestie, d'amour du prochain, je me traçais mentalement une ligne de conduite toute opposee. Je songeais au luxe, à l'existence agitée, à l'ambition. Je me voyais déjà la femme d'un homme riche satisfaisant toutes mes fantaisies, ayant une haute situation officielle ce qui me faisait une cour de flatteurs des deux sexes recherchant par mon intermédiaire, l'appui de mon mari et, à ma volonté, les uns obtenaient un avancement scandaleux et les autres, les méritants, attendaient. Seulement ce rêve que je faisais tout éveillée, au murmure des douces paroles de la maîtresse qui, voyant mon calme apparent s'imaginait naïvement que je l'écoutais, absorbée par son éloquence persuasive, ce rêve deviendra une chose réelle.

— Est-ce que vous étiez plusieurs élèves dans ton état d'esprit ?

— Non, j'étais seule.

— Heureusement !

— J'avais tâté le terrain, cherchant un caractère pareil au mien, je ne trouvai que de braves filles, instruites, bonnes, d'une angélique douceur, n'ayant d'autre ambition, une fois rentrées chez leurs parents que de devenir la femme d'un commerçant, d'un cultivateur, d'un professeur, enfin d'un homme de leur monde. Je ne pus donc confier à personne mes idées, mes projets d'avenir ; c'eut été dangereux.

— Mais les années précédentes, lorsque tu venais passer ici tes vacances, tu ne m'as jamais laissé soupçonner ces extravagances auxquelles tu te complaisais. Je te croyais un peu d'orgueil et je me disais qu'avec l'âge ce défaut s'atténuerait ou disparaîtrait.

— Je ne voulais pas te faire de peine, et puis mon état d'esprit comme tu dis, n'était pas tel qu'aujourd'hui. Mes idées poussaient, fermentaient, prenaient avec l'âge une forme précise. La réflexion, les a modifiées pour les rendre pratiques. Telles qu'elles étaient il y a deux ans, il serait impossible de les appliquer à cause de leur raideur. Maintenant, c'est différent, le fond est resté mais la forme est singulièrement adoucie. Tu verras et tu jugeras.

Colette embrassa sa mère :

— Maintenant, lui dit-elle, que tu connais le fond de ma pensée, vivons, observons et laissons faire le temps. Je vais aussi te quitter pour aller voir Elise Leval qui est arrivée de Bar où elle était comme moi en pension.

— Puisse-t-elle avoir d'autres idées que toi.

— Elle a été chez les dames Corby, dont la pension fait à celle des sœurs une concurrence sérieuse, bien que l'éducation y soit à peu près la même. Seulement, il n'y a pas de cornettes, ce qui satisfait les Homais, pères de ces pauvres filles.

— Comment, s'écria Mme d'Olbreux, tu as lu... tu connais...

Elle ne put achever sa phrase tant la surprise l'avait émotionnée.

— Eh bien, oui, maman, j'ai lu *Madame Bovary*, qu'y a-t-il là d'étonnant ?

— Mais malheureuse, à ton âge ! Comment ce livre est-il tombé entre tes mains ? on ne te surveillait donc pas ?

— N'accuse personne que le hasard. Un jour nous étions en promenade, je ramassai rapidement un volume perdu par son propriétaire ; mon geste avait été si prompt qu'on ne s'aperçut de rien. Je dissimulai le volume que je lus.

— En quel moment ?

— Ah, il me fallut plusieurs jours pour arriver à la fin et au fur et à mesure de ma lecture, je déchirai les feuillets ; on ne se douta de rien.

— C'est abominable.

— Le roman de Flaubert m'intéressa. Emma Bovary n'est pour moi qu'une dinde que je n'ai nullement l'intention d'imiter. De ce côté tu peux être tranquille. Au revoir, je cours chez Elise qui, certainement, n'a pas lu *Madame Bovary*.

— Tais-toi, tu me fais peur. Pars et reviens vite.

La jeune fille sortit sans juger à propos de faire les moindres frais de toilette malgré la recommandation de sa mère :

— Je serai toujours assez bien pour nos voisins ! dit-elle en riant.

Elle était, en effet, très séduisante sous une apparente simplicité. Grande et élancée, sa robe dessinait la taille souple, laissait deviner la forme harmonieuse des hanches et de la poitrine. Le cou mince supportait une tête fine, couronnée d'une opulente chevelure blonde. Les joues rosées, les yeux bleus, le nez mince, aux narines mobiles, le front large, blanc, d'une admirable pureté. Elle suivit, hautaine, la rue poussiéreuse, rencontra quelques villageois qui la regardaient curieusement et sur leurs figures bronzées se voyaient des plissements mobiles qui étaient l'expression de réflexions railleuses. Mlle d'Olbreux comprit bien ces sentiments des campagnards, se contenta de hausser légèrement les épaules et de répondre par un petit mouvement sec, de la tête, à leurs saluts qui, elle le sentait n'avaient rien de respectueux.

— Si j'étais riche, se disait-elle, ils seraient tous à me sourire, à s'incliner sur mon passage. Tous chercheraient à attirer mon attention ; mais voilà, il me manque ce grand séducteur : l'or. Ma pauvre mère ne se doute pas du désespoir où me met notre misère !

Elle arriva devant une belle maison à façade de pierres de taille, monta un perron de trois marches, ouvrit une porte massive qui donnait dans un tambour où, aux jours de pluie et de neige, on déposait les sabots, poussa une seconde porte et se trouva à l'entrée d'une vaste pièce servant tout à la fois de cuisine et de salle à manger. Au fond, une grande cheminée au manteau bruni par la fumée, des chaises de paille aux coins de l'âtre et du côté de la rue, éclairée par une grande fenêtre, la pierre d'évier chargée de vaisselle et à un angle, un seau en zinc. Une jeune fille était debout, devant l'évier, occupée à laver les assiettes. En apercevant la visiteuse elle laissa échapper un cri de surprise joyeuse et s'écria :

— Cette bonne Colette, quel bon vent t'amène ?

Et laissant sa lavette emmanchée à l'extrémité d'un petit bâton, retirant le tablier de grosse toile qui protégeait son vêtement contre les éclaboussures, elle embrassa Colette et la conversation s'engagea. On parla de la pension, des maîtresses, des compagnes dont on s'était séparé et que sans doute on ne reverrait plus.

Alternativement assises ou debout, les deux anciennes élèves causèrent pendant plus d'une heure et se séparèrent en se promettant de souvent se revoir.

Mlle Leval grande, brune, aux beaux yeux noirs, était ce que dans les campagnes on appelle un beau brin de fille. La taille un peu forte, la poitrine développée à faire craquer le corsage, la démarche sans prétention, elle n'avait point pris des airs de grandeurs pour faire sa rentrée au village et s'était mise à fréquenter ses compagnes qui pour des raisons de fortune, n'avaient point quitté leurs parents. Aussi toutes les sympathies lui étaient venues tout naturellement et comme elle aurait en dot quelques hectares de terre, vignes et prés, les soupirants ne lui manqueraient pas.

— Elle n'est pas fière et ne ressemble point à la d'Olbreux, disait-on, et pourtant elle a du bien et pourrait ne pas saluer le pauvre monde.

Mais bientôt cette opinion favorable se modifia, les mères ayant des garçons à marier leur recommandèrent d'être prudents et défendirent à leurs filles de la fréquenter ; par ces dernières, le conseil fut suivi, mais leurs frères ou cousins n'en tinrent aucun compte, la belle Elise s'étant montrée facile pour un domestique, ils voulaient tous goûter à ce fruit qui excitait leurs convoitises.

II

Les deux amies ne s'étaient pas longtemps fréquentées. De goûts différents elles ne pouvaient s'entendre. L'une, hautaine, ambitieuse, rêvant les situations les plus brillantes, l'autre vulgaire, simple, douée d'un tempérament dont elle n'essayait même pas de combattre l'ardeur, la rupture eut lieu tout naturellement, sans récriminations d'aucun côté.

Mlle d'Olbreux ne voulait pas se compromettre avec une amie qui tournait mal tout naturellement, sans attacher la moindre importance à ses actes. Au commencement de cette séparation volontaire, on donna tort à Colette qu'agaçait la familiarité simple de Mlle Leval ; Mme d'Olbreux reprocha à sa fille ce qu'elle appelait une fâcherie sans motif :

— Nous ne sommes pas fâchées, lui répondit Colette.

— Mais que signifie cette froideur qui nous rend encore plus hostile l'opinion ?

— Je te l'ai dit souvent, l'opinion je n'y tiens pas, ne lui accordant aucune valeur.

— Pourtant tu as eu une raison?

— Oui, très sérieuse.

— Est-ce un secret?

— Pour tout le monde, jusqu'à présent, oui, mais dans quelques semaines, non.

— Alors tu le connais? Tu peux me le confier?

— Tout de suite. Elise est enceinte.

— Tu es folle!

— Je ne crois pas. A cette première surprise je vais en ajouter une autre, son compagnon de plaisir est le domestique de leur voisin.

— Quoi! Baptiste? Mais malheureuse, il est laid, boîteux et a plus du double de l'âge d'Elise.

— Oui, il est tout cela et pourtant ce que je te dis est vrai.

— Il y a eu violence de la part de ce misérable, alors?

— Non, le séducteur n'est pas celui que tu crois. C'est Elise qui a entraîné Baptiste, qui était tout ahuri de son succès, tellement ahuri que le pauvre garçon tremblait quand Elise lui déclara nettement ce qu'elle désirait de lui.

— Comment connais-tu ces détails?

— Voilà. J'étais allée chez elle, la croyant seule; au lieu d'entrer par la porte de la rue, laquelle était certainement fermée à clef, bien que je ne m'en fusse point assurée, je pénétrai par le jardin. On n'entendit pas le bruit de mes pas ni celui de la porte que j'ouvris et refermai pourtant sans prendre de précautions. Il n'y avait personne dans la chambre, mais dans la pièce voisine, où couche Elise, on causait. J'écoutai, j'entendis tout et... je me retirai sans bruit, par le jardin toujours ; lorsque les amoureux se préparèrent à sortir de la chambre virginale qui venait de perdre tout droit à ce titre. Je cessai dès lors de voir mon amie et il y a quelques jours l'ayant rencontrée elle se plaignit de maux d'estomac.

— Cela passera, lui dis-je, ce scélérat de Baptiste a fait des siennes. Elle rougit, me regarda :

— Quoi donc, que veux-tu dire ? me demanda-t-elle.

— Tu le sais mieux que moi, ma petite, ne fais pas l'innocente. Et je la quittai. Tu vois que dans peu de temps on va rire à Naives aux dépens d'Elise et tous les garçons, peut-être les maris vont vouloir succéder à l'heureux Baptiste. Ai-je bien fait de rompre ?

Mme d'Olbreux était anéantie bien plus par le calme de sa fille lui racontant cette aventure, que par la sottise de Mlle Leval. Certes Colette ne commettrait jamais une faute aussi lourde, aussi bête, mais elle en commettrait d'autres peut-être beaucoup plus graves parce que la passion n'y aurait aucune part :

— Cette pauvre fille est à plaindre, dit-elle.

— Elle est vraiment trop bête et n'a que ce qu'elle mérite.

— Et ses malheureux parents quand ils apprendront la chose !

— Ils ne seront pas peu surpris j'en conviens. Donner une belle fille comme Elise à ce bancroche, cela ne leur sourira pas; ils espéraient et avaient le droit d'espérer mieux.

— Tu trouves encore moyen de plaisanter!

— Non, je dis ce que je pense, sans gaîté comme sans tristesse. Du reste, si les Leval ne trouvent pas Baptiste digne d'entrer dans leur famille, ce qui me semble probable, ils trouveront un garçon moins riche mais de caractère facile qui épousera Elise, reconnaîtra le petit Baptiste et tout sera réparé.

— Tâche donc toi-même d'avoir des rêves moins hauts pour éviter une chute plus retentissante mais aussi peu honorable que Mlle Leval.

— Ne crains rien.

— Mais enfin, que comptes-tu faire?

— Je te l'ai dit déjà, rien que de très régulier. La lecture de *Madame Bovary* ne m'a point dépravée, elle m'a instruite. Il y a quelques années je rêvais d'un prince jeune, séduisant, qui voudrait m'épouser, j'étais alors innocente et croyais que les enfants naissaient sous un chou, déposés là par des anges, alors je me disais qu'une fois mariée on m'apporterait un beau matin un joli poupon dont je serais la mère. Je resterais couchée quelques jours, comme cela se fait pour les jeunes mamans, et à côté de moi, dormant dans un berceau mon fils ou ma fille, je dirai même et ma fille, car j'en voulais deux pour commencer, abrités par des rideaux légers, retombant jusqu'au parquet et enveloppant de leur blancheur immaculée le léger édifice. Ils se réveillaient, et en bonne mère, je les prenais dans mes bras et leur donnai à têter en même temps, comme je voyais faire aux nourrices et aux mamans quand nous allions en promenade, et ici aux villageoises. Seulement, une chose m'inquiétait, citadines et villageoises possédaient des poitrines avec lesquelles la mienne n'avait aucune ressemblance, même lointaine. Puis je me dis que aussitôt découverts les enfants, le lait arrive à celle qui devra les nourrir. Cette trouvaille me tranquillisa. Mais l'âge amena des transformations qui firent de moi une femme, mes impressions naïves disparurent et je ne crus plus aux choux abritant des bébés nus. Mes sens éveillés me firent deviner la vérité, alors à ce moment je compris Emma Bovary et la trouvai bête, seulement mon imagination travailla singulièrement. J'appréciai ma beauté plastique sans exagération, je me dis que mon corps vaudrait quelque chose et qu'avant de le livrer je prendrai des garanties contre moi même.

— Que signifie ce langage ? Tu es folle !

— Non. Comme Elise, j'ai des désirs, mais il me faudra un mari, jeune ou vieux, beau ou laid, pas d'amant avant le mariage.

— Et après ?

— Cela dépendra du mari que j'aurai. S'il est trop laid ou trop vieux, tu comprends qu'après avoir subi les attouchements d'êtres pareils il me faudra mieux. Mais laissons ces détails, peut-être rencontrerai-je un phénix, dans ce cas, je lui serai fidèle.

Colette eut pour sa mère un sourire de pitié ; la pauvre femme n'entendait rien à la vie et à ses exigences. Un jour arriva à Naives un jeune homme employé à la trésorerie générale de Bar-le-Duc. Il était du village, où habitaient ses parents, petits cultivateurs, et sa belle écriture l'avait fait recevoir chez le percepteur de Reffroy, la même cause l'avait aidé à entrer à la recette générale où il occupait un modeste emploi de cent cinquante francs par mois.

Il n'était ni beau, ni laid, ni trop bête, ni spirituel et vivait tranquille, comptant sur les années pour améliorer sa position. Employé modèle, il arriverait certainement.

Lorsque Mlle d'Olbreux le vit, elle ne le remarqua pas plus que les autres garçons du village, mais sa mère lui ayant dit qu'un travailleur comme Henri Réval lui conviendrait, s'il voulait d'elle pour femme elle se récria :

— Mais il n'a rien.

— Pas grand'chose, mais avec des goûts modestes on peut joindre les deux bouts.

— Il faudrait alors que ces goûts fussent bien modestes en effet.

— On s'arrange, quand on a de l'ordre.

— Enfin, il est inutile de continuer la conversation sur ce sujet, il n'a pas demandé ma main, je suppose?

— Non, et il n'y songe pas, probablement. Je te parle de lui sans idée préconçue.

Ce que venait de lui dire sa mère fit réfléchir la

jeune fille. Pourquoi le petit employé Réval ne serait-il pas le mari qu'il lui faudrait pour parvenir? Elle se promit de l'étudier et de voir si elle pourrait en faire un instrument de fortune, mais elle ne devait pas se négliger elle-même et compléter par un travail assidu ce qu'elle avait appris en pension.

Par des lectures suivies d'auteurs contemporains, elle se tint au courant des hommes et des œuvres; mais la littérature, elle s'en rendait très bien compte, ne serait jamais sa qualité maîtresse, son esprit froid, calme, ne lui permettait pas les œuvres d'imagination, elle était incapable d'écrire un roman; en revanche, elle dessinait bien et avait du goût pour la peinture. Plusieurs petites toiles représentant des coins de paysage n'étaient pas mal, elle se dit qu'elle arriverait à être une véritable artiste si elle voulait s'en donner la peine; chaque jour, quand le temps était beau, elle allait, soit dans la forêt, peu éloignée du village, soit dans un vallon isolé et peignait avec passion. Elle constatait non sans un vif plaisir, ses progrès et lorsque sa mère lui demandait à quoi toute la peine qu'elle se donnait, pourrait lui rapporter, elle lui répondait :

— Peut-être à nous donner la fortune.

— Mais qui t'achètera tes toiles? Tu ne comptes pas, sans doute, sur nos voisins, qui préfèreront toujours des images grossières à tes productions.

— Ceci maman, c'est l'imprévu. Je travaille, je me perfectionne et un moment viendra où mes efforts seront récompensés.

— C'est mon vœu le plus cher, ma fille, mais je crains bien que tu t'illusionnes et que tu perdes ton temps à des choses inutiles.

— Si je l'employais à la façon d'Elise, on verrait beaucoup plus tôt le résultat du travail, j'en conviens ; mais avoue que cela ne t'amuserait pas de me voir la taille déformée, et te faire grand'mère malgré toi.

— Il n'y rien à te dire, tu veux n'agir qu'à ta fantaisie ; nous verrons la fin.

Ces conversations agaçaient Colette qui ne laissait rien voir de sa mauvaise humeur et continuait à courir la campagne à la recherche d'un coin digne de son pinceau.

Voulant, en même temps, se rendre un compte exact de Réval, elle le saluait quand elle le rencontrait dans les rues du village ou dans les champs ; tout ému, il lui rendait en rougissant, son salut, mais son émotion était telle que la langue lui fourchait rien que pour dire bonjour ou bonsoir Mademoiselle ; il bredouillait.

— Il est timide, se dit la jeune fille, je lui impose un respect qui est presque de la crainte.

Mais elle s'aperçut bien vite que le hasard n'était plus pour rien dans leurs rencontres ; il la surveillait de loin, regardant de quel côté elle se dirigeait et, une fois fixé, faisait un immense détour, et arrivait près d'elle, brusquement, rougissait, lui murmurait son bonjour et continuait sa route.

— Maintenant, se dit-elle, l'amour s'est ajouté à la timidité, puisqu'il n'ose pas m'adresser la parole ce sera moi qui commencerai. Si, à la suite de ce premier entretien je juge que je n'ai rien à en espérer, je lui dirai nettement qu'il cesse de se trouver sur mon chemin, et n'a rien à espérer de ses assiduités agaçantes.

Colette, aussitôt une chose décidée dans son esprit, la mettait immédiatement à exécution. Un après-midi qu'elle était à peindre, à l'orée de la forêt, assez loin du village, elle aperçut à quelque distance, l'employé qui flânait au long d'un sentier qui passait à dix pas du hêtre au pied duquel elle était installée. Il baissait la tête, marchait lentement, paraissait plongé dans des réflexions profondes et ne semblant point s'occuper de quel côté il se dirigeait.

— Il m'a vue et va encore tomber de son haut en arrivant près de moi se dit-elle.

Elle se remit à peindre, regardant avec la plus grande attention son ouvrage, attendant que le bruit des pas l'avertit de la présence de son timide poursuivant.

— Je vais commencer mon étude sur son état mental, il faudra bien qu'il me réponde.

Quand Réval arriva, elle tourna la tête de son côté. Il lui répéta la bouche empâtée, son éternel : Bonjour Mademoiselle auquel elle répondit par un gracieux : Bonjour Monsieur. Il continuait son chemin lorsqu'elle l'interpella :

— Monsieur Réval.

Au son de cette voix, le pauvre garçon s'arrêta brusquement, rougit et de sa gorge s'échappa un son rauque qui voulait dire :

— Mademoiselle.

— Puisque vous pouvez disposer de votre temps pourquoi ne pas vous reposer quelques minutes en ma société.

Ses jambes fléchirent, un brouillard obscurcit ses yeux :

— Quoi, Mademoiselle Colette, vous permettriez ? Je n'oserai jamais.

— Pourquoi donc ? Ne sommes-nous pas presque voisins ? Allons, avancez.

Il s'approcha, titubant comme un homme ivre. Quand il fut en face de la toile :

— Aimez-vous la peinture, Monsieur Réval ?

— La vôtre, Mademoiselle, je l'adore.

— C'est une flatterie un peu exagérée. Vous la connaissez si peu.

— J'en conviens. Mais ce que vous faites est certainement parfait.

— Que pensez-vous de ce tableau presque terminé ?

— Ce taillis est délicieux, vivant, on croirait voir s'agiter les feuilles. Et l'air léger qui court à travers les branches, la lumière douce qui l'enveloppe, ce fond qui se perd au loin dans un fouillis de verdure. Il était impossible de mieux rendre la nature dans toute sa séduction.

— Eh bien vous ne ménagez pas les éloges ; si pourtant j'étais vaniteuse je me croirais une artiste de grand talent.

— Et vous seriez dans la vérité, Mademoiselle.

— Etes-vous bien pressé de rentrer, Monsieur ?

— Mon temps m'appartient, personne ne m'attend.

— Cela ne vous contrariera pas si je vous demande de me tenir compagnie une heure?

— C'est une faveur inespérée que vous m'offrez.

— Et que vous acceptez, alors?

— Avec joie.

— Asseyez-vous à côté de moi, nous causerons pendant que je donnerai mes derniers coups de pinceau.

Réval s'assit au pied du hêtre dont le dôme immense de verdure dominait de sa masse puissante la végétation environnante et regarda, fou de joie, la petite main blanche étendre les couleurs sur la toile, changeant de pinceaux, modifiant les poses du chevalet. Il s'enhardissait à diriger ses yeux sur la figure charmante de la jeune fille et admirait ses mouvements quand elle prenait ses distances pour se rendre compte d'un effet d'ombre ou de lumière. Assise sur un pliant Colette lui paraissait une déesse champêtre se reposant dans une clairière déserte loin du bruit, loin des mortels ennuyeux. Sa jupe serrée laissait deviner les beautés qu'elle cachait, et quand elle se baissait pour voir de plus près son œuvre, l'employé voyait la naissance des seins, dont la pureté eut fait l'admiration d'un artiste. Quelquefois, Colette allongeait une jambe ou la ramenait brusquement, ce geste si naturel attirait le regard de Réval qui pouvait à son aise s'extasier sur la beauté du pied, la finesse des attaches. Il n'osait rien dire, du reste il n'eut trouvé aucun mot pour entretenir la conversation, même la plus banale. Il songeait au bonheur qu'il avait d'être assis à côté de Mlle d'Olbreux que chacun détestait à cause de son orgueil, qui ne daignait parler à personne et venait de l'arrêter, de lui causer, de le prier de l'attendre pour retourner au village où il l'accompagnerait. On se mettrait sur le pas des portes pour les voir passer ensemble, ceux qu'on rencontrerait sur les chemins s'arrêteraient, étonnés, s'interrogeant si ce qu'ils voyaient n'était point une illusion. Il craignait lui-même de faire un rêve tout éveillé et se demandait si la jeune fille, la toile, le chevalet, la boîte à couleurs, n'allaient pas disparaître brusquement, le laissant seul avec le souvenir d'un beau songe évanoui.

Colette se doutait bien de ce qui bouleversait l'esprit du pauvre garçon timide et, de temps en temps le regardait en dessous. Sans voir ce regard, il le sentait tomber sur lui et rougissait comme s'il eut commis une faute.

Les derniers coups de pinceau furent donnés. L'artiste arrondit ses bras au-dessus de sa tête, regarda son tableau et dit à Réval :

— Voyez, donnez-moi votre opinion.

— Je ne pourrai que répéter ce que je vous ai déjà dit, Mademoiselle.

— Que c'est un chef-d'œuvre ; c'est convenu. Elle regarda sa montre. Oh ! bientôt huit heures, je vais vous faire gronder de rentrer si tard.

— On ne me dira rien.

Elle rangea sa boîte à couleurs ; pendant ce temps il s'était levé.

— Puis-je vous aider, je n'ose rien vous proposer, craignant de commettre quelque maladresse. Mais je vais porter tout votre petit attirail.

— Qui n'est pas bien lourd.

— En revanche il est un peu encombrant.

— Voyez donc, Monsieur, quel coucher de soleil splendide.

A l'Ouest le ciel était rouge, le soleil s'enfonçait derrière les forêts lançant des rayons d'une lumière éclatante, comme des fusées d'un feu d'artifice colossal. Quelques petits nuages blancs, tachaient irrégulièrement le ciel bleu, le croissant d'argent de la lune se dessinait à l'horizon et de pâles étoiles s'allumaient dans les profondeurs où évoluent des millions de mondes inconnus.

— Si vous vouliez mettre sur la toile un tout petit coin de ciel, Mademoiselle, dit Réval, ému.

— J'ai essayé déjà. Malheureusement je n'ai pas réussi.

— Cela m'étonne, il faudra faire une nouvelle tentative et vous aboutirez.

— Interrompez vos compliments et partons.

Il voulut porter tous les objets et Colette lui dit en riant :

— Moi, je remplirai le rôle du quatrième officier du convoi de Malbrough. J'accepte.

Ils se mirent en route. La surprise fut grande lorsqu'on les aperçut, causant amicalement, comme si depuis longtemps ils se connaissaient. Ce fut un véritable événement qui fit tourner toutes les langues, chacun ayant à faire admettre comme la meilleure, son opinion sur cette intimité naissante.

Réval ne s'occupait pas de ce que pouvaient penser et dire les autres. Il se sentait heureux, et regardait avec passion la jeune fille qui, droite et hautaine, marchait à son côté et daignait de ses lèvres de corail, laisser tomber quelques paroles qui lui semblaient une musique céleste. Ils se séparèrent devant la maison de Mme d'Olbreux.

— Je vous remercie, Monsieur, de l'aide que vous m'avez donnée, lui dit-elle.

Il ne trouvait pas une parole pour lui répondre. Souriante, elle lui tendit une main qu'il saisit avec empressement :

— Oh! Mademoiselle, quel inoubliable instant passé à vous voir et à vous entendre.

— Eh bien, Monsieur, quand le hasard nous fera nous rencontrer, nous reprendrons notre conversation.

— Bien vrai, cela ne vous déplaira pas?

— Quand on me déplaît je le fais voir ou le dis. A bientôt, Monsieur.

Ils se séparèrent. Le jeune homme reprit lentement la direction de la maison paternelle songeant à ce qui venait de lui arriver. Il s'imaginait que l'univers dut en être ému tant la chose lui paraissait impossible, invraisemblable et se demandait s'il ne rêvait pas, si réellement Mlle d'Olbreux lui avait parlé. Il n'osa point raconter à ses parents cette rencontre à laquelle ils n'eussent peut-être pas cru et se dit qu'il était préférable d'attendre.

Il dormit peu et mal, se leva de très bonne heure et sortit pour respirer plus à l'aise. Il étouffait dans sa chambre. L'après-midi, qu'il attendait avec impatience, il alla rejoindre Colette vers quatre heures ; pendant huit jours ils se virent, sans chercher à se cacher, ne s'occupant pas de ce que pouvaient dire ou penser les paysans.

Un soir il arriva l'air triste, la jeune fille lui demanda s'il souffrait :

— Oui Mademoiselle, beaucoup.

— Qu'avez-vous? fit-elle, inquiète.

— Je retourne demain à Bar, mon congé est fini.

— Vous venez me faire vos adieux ?

— Hélas ! malheureusement.

— Cela vous fait de la peine, de partir, de quitter votre village, vos parents?

— Mon village, cela m'est indifférent; mes parents, évidemment je préférerais ne pas m'en séparer, mais vous, Mademoiselle, que je ne verrai plus !. Cette pensée me désespère.

— Pourquoi donc? Nous ne nous séparons pas pour toujours.

— Hélas, quand je reviendrai peut-être y aura-t-il du changement dans votre situation ; le mariage.

— Cela vous peinerait réellement si je me mariais?

— J'en serai au désespoir et pourtant c'est ce qui arrivera.

— Certainement...

— Vous en convenez...

— Laissez-moi achever ma pensée. Je me marierai... si vous y consentez.

— Comment cela?

— Vous ne devinez pas ?

— Je n'ose, c'est trop beau. Ne vous moquez pas de moi.

— Voyons, soyez raisonnable. Vous m'aimez ?

— Je vous adore, ne l'avez-vous pas deviné ?

— Si, et cela ne m'a point été difficile.

— Que faut-il que je fasse ?

— C'est à moi que vous demandez conseil, mais songez donc que vous intervertissez les rôles.

— Je ne sais ce que je dis, Colette, je vous en supplie, ayez pitié de moi.

— Vous avez vingt-sept ans et moi vingt et un.

— C'est bien cela.

— Concluez, alors.

— Que nous pourrions nous... il s'arrêta.

— Encore un petit effort.

— Nous marier ?

— Pourquoi pas, si vous y consentez.

— Comment si j'y consens, mais cent fois plutôt qu'une.

— Une suffit. Causons sérieusement.

Elle peignit fort peu, malgré le beau temps et quand ils regagnèrent Naives, lui toujours chargé du chevalet, de la boîte à couleurs, et des autres objets, leur mariage était décidé.

III

Deux mois plus tard, Mlle d'Olbreux était Mme Henri Réval et le jeune ménage s'installait à Bar-le-Duc, dans un petit logement tout exigu, composé de deux pièces. La jeune femme voulut vivre en la seule compagnie de son mari, refusa de faire des visites, de se créer des relations dans leur milieu. Quand il lui disait qu'elle devait se montrer moins exclusive elle lui répondait invariablement :

— A quoi cela te servira-t-il ? Il faut dans la vie avoir un but et mettre en œuvre tous les moyens pour l'atteindre. Ce petit monde d'employés ne peut être d'aucune utilité à ton avancement, attendons.

Elle étudiait le terrain, se rendait compte de tout, aux déclarations plus ou moins directes qu'elle reçut, elle ne daigna pas répondre. Ces soupirants ne valaient ni un regard ni un sourire, étant de trop minces personnages.

Elle lisait, travaillait la peinture avec passion et son talent se développait. Sa réputation de jolie femme et d'artiste, avait franchi les limites de la petite ville, des fonctionnaires en tournée la virent et parlèrent d'elle à Paris. L'un d'eux, personnage important au Ministère des Finances s'en éprit, il enleva Réval à la trésorerie et lui fit donner un poste à Paris. Le pauvre garçon fut tout surpris de cet avancement qu'il n'avait point sollicité ; mais on en parla parmi ses collègues qui attribuèrent à des complaisances de la femme, la nomination du mari, ce qui était faux mais paraissait au moins vraisemblable.

Colette entraîna Réval dans les réceptions officielles, sa beauté lui attira des adorateurs qu'elle savait tenir à distance tout en ne les désespérant pas. Elle attendait, son mari manquait d'ambition, ce qui la désespérait, elle allait trouver en lui un obstacle qu'elle était parfaitement décidée à briser un jour ou l'autre. Elle le prenait en pitié, haussait les épaules quand il s'approchait d'elle, la serrait sur sa poitrine et lui répétait sans cesse qu'il l'adorait. Quand se prépara le Salon, elle envoya deux petits paysages qui furent reçus, elle signa ces œuvres de son nom de jeune fille, dédaignant celui de son mari qu'elle trouvait banal.

Comme son envoi n'était pas sans valeur, quelques journaux en parlèrent. Alors à la chronique mondaine on cita sa beauté exquise et son talent. Elle reçut dans leur petit appartement de la rue de la Cerisaie, prouva que non seulement elle était belle et peignait fort bien, mais aussi qu'elle avait un genre d'esprit dont on exagéra la finesse, mais enfin qui existait réellement. Elle se multipliait entraînant son mari qui ne comprenait rien à cette existence fiévreuse ; et quand il se plaignait de la fatigue, de la dépense, des privations que cette vie en dehors leur imposait, elle lui disait :

— Il faut savoir souffrir un peu pour arriver à un résultat.

— Mais que nous manque-t-il ?

— Beaucoup de choses.

— Parce que tu dépenses trop. Si tu voulais nous serions si heureux.

Le pauvre garçon se voyait débordé, annihilé par sa femme et ne se sentait pas de force à tenter une lutte, où d'avance, il se devinait vaincu. Sa passion pour Colette n'avait point diminué, il l'aimait au contraire, plus que le jour de leur mariage, parce qu'il se rendait parfaitement compte qu'elle lui échappait et ne la ressaisirait jamais. Elle ne se gênait plus pour lui dire d'un air méprisant qu'il n'était pas un homme.

— Si je dépense, c'est dans notre intérêt, lui disait-elle, il faut nous créer une position.

— En faisant des dettes ?

— On les paiera.

— Quand, et comment ?

— Laisse-moi tranquille avec tes observations. Tu arriveras, si tu veux t'en donner la peine, à une belle situation. Tu te débarrasseras alors de tous tes créanciers.

— Dans dix ans, dans vingt ans. D'ici là nous aurons été poursuivis, saisis, vendus ; j'aurai été chassé peut-être de mon emploi.

Elle prenait en aversion son mari et un jour elle lui signifia qu'ils allaient faire lit à part. Il crut avoir mal entendu et la fit répéter :

— Mais pourquoi, lui demanda-t-il, serais-je donc devenu répugnant.

— Parce que tu m'aimes trop et cela me déplaît.

— Pourtant je ne peux pas avoir de maîtresse, possédant une femme aussi belle.

— Ne te gênes pas, je ne serai pas jalouse, tu es libre.

Il voulut se révolter et décida de quitter Paris. Comme c'était un employé modèle, il s'enhardit, parla à ses supérieurs, vit le chef du personnel et obtint la promesse d'une perception en province, près de Neufchâteau. Il ne dit rien à sa femme de ses démarches et quand il eut sa nomination il se décida à parler. Devant le fait accompli, Colette n'aurait plus qu'à s'incliner. Mais comment lui annoncer la nouvelle. Il tremblait, sa gorge se rétrécissait, cependant il fallait en terminer. Un soir à la table il la mit au courant :

— Et tu crois que je vais retourner dans un trou ? lui dit-elle.

— Pourquoi pas. Quatre mille deux cents francs, pas éloignés de nos parents, nous pourrons liquider notre arriéré et vivre tranquilles.

Elle ne dit rien, le laissa s'expliquer sans l'interrompre. Après le dîner elle se rendit à sa chambre pour vêtir une toilette de soirée. Il y avait bal au ministère des Beaux-Arts, Réval l'avait oublié. Il allait s'habiller de son côté quand sa femme l'appela. Peu habitué à ces appels, il courut à la porte et frappa doucement :

— Entre, cria Colette.

C'était la première fois depuis leur séparation que sa femme lui demandait d'entrer dans sa chambre ; aussi crut-il à un accident.

— Tu es indisposée ? demanda-t-il.

— Non mon ami.

Elle le regardait comme autrefois quand il lui faisait la cour à l'ombre du grand hêtre.

— Que tu es belle ! murmura-t-il, en joignant les mains.

En effet elle était debout au milieu de la chambre, vêtue simplement de sa chemise à travers laquelle on voyait les transparences de la peau d'une merveilleuse blancheur, polie comme un beau marbre. Les bras nus, le cou dégagé elle aurait fait l'admiration d'un artiste de génie qui eut voulu reproduire soit sur la toile, soit en marbre ou en bronze ce chef-d'œuvre vivant. Sur le lit étroit, l'édredon, recouvert d'une étoffe rouge d'Andrinople, dont la couleur trop vive était tamisée par un couvre-pied brodé, s'arrondissait mollement, dissimulé en partie par des jupes, la robe, la coiffure, les gants posés avec ordre. Colette tenait à la main un corset qu'elle avait acheté le matin.

— Eh bien quand tu auras fini de me contempler, vilain curieux, lui dit-elle. Tu vas, s'il te plaît, me servir de femme de chambre. Approche.

Il obéit. Elle le regarda, mit sa bouche sur ses lèvres, le pauvre garçon grisé par ces avances, perdit la tête et voyant cette femme qu'il aimait, qui était venue s'offrir ainsi à lui, il l'enleva dans ses bras comme il eut fait d'un enfant. Elle n'essaya même pas de résister et ses éclats de rire se mêlèrent aux exclamations passionnées de son mari.

— Enfin je t'ai reconquise, lui dit-il, pourquoi m'avais-tu exilé ainsi sans raisons.

— Nous parlerons de cela plus tard. Nous sommes en retard et j'ai à peine un commencement de vêtement.

Elle riait, montrant sa chemise chiffonnée. Il aida à agrafer le corset, à mettre les jupes, la robe, se payant de sa peine par des baisers sur les joues ou les épaules et recevant gaiement des tapes pour le punir de ses indiscrétions. Lorsque fut terminée cette toilette, que l'on eut bien consulté la glace pour s'assurer que rien ne péchait dans ce léger et charmant échafaudage qui ne devait durer que quelques heures, la jeune femme se déclara satisfaite et son mari courut endosser son habit. Un modeste fiacre les emporta rue de Grenelle, à l'hôtel du Ministère, tout étincelant de lumières. De nombreux curieux stationnaient sur les trottoirs, regardant les invités enfoncés dans les voitures, cherchant à voir les figures féminines et se livrant à des réflexions plus ou moins lestes sur la fraîcheur des toilettes et l'élégance de celles qui les portaient.

Colette, au bras de son mari, attira les regards des hommes qui se demandèrent le nom de cette merveille et la situation officielle ou mondaine de son mari.

Dans les salons elle se promenait pareille à une déesse, les groupes s'écartaient pour la laisser passer et les femmes cherchaient en elle un défaut quelconque pouvant donner prise à une critique, même légère.

Lorsqu'on sut que son mari n'occupait au Ministère des Finances qu'un poste assez modeste, les bonnes âmes eurent toutes la même idée qui fut émise plus ou moins cyniquement :

— Si ce Réval ne fait pas un chemin rapide ce sera sa faute.

Colette fut très entourée, reçut des compliments très fades des hommes qui cherchaient à faire de l'esprit et n'arrivaient généralement qu'à montrer leur bêtise. Elle n'était pas dupe de ces beaux parleurs dont un seul captiva son attention, non par ses amabilités surannées mais par sa haute situation ; c'était un député gouvernemental très influent. Il s'informa de ce que faisait M. Réval. Quand il sut qu'il allait quitter Paris, emmener sa femme dans un village de province, il eut un mouvement de surprise indignée et dit à celle-ci :

— Quoi, obliger une femme jeune, belle, spirituelle, à aller achever sa vie dans un désert ! C'était un crime impardonnable. Elle devait rester à Paris et il s'entendrait pour cela avec le directeur du personnel qui n'avait rien à lui refuser ; mais avant, il tenait à causer avec elle afin de s'entendre sur le poste qui conviendrait à Réval. Il fut convenu que le surlendemain elle serait chez lui à dix heures du matin.

Il était cinq heures quand les derniers invités quittèrent le Ministère, mais le nouveau percepteur et sa femme étaient partis beaucoup plus tôt, car il devait être à son poste à dix heures, entre la fatigue du bal, des promenades dans le salon et le travail du bureau, un repos était indispensable. Colette se montra charmante. Lorsqu'ils furent rentrés dans leur logement Réval lui servit encore de femme de chambre pour la déshabiller et quand elle fut dans son lit, que sa tête adorable s'enfonça dans l'oreiller blanc elle dit rieuse :

— Tu ne t'imagines pas que je vais faire pour toi ce que tu viens de faire pour moi.

— Quoi tu permets ?

— Je demande, mon ami.

Fou de joie, ivre de désirs, il se dévêtit.

— Je l'ai enfin reconquise, se disait-il, elle est bien à moi. Nous serons comme deux tourtereaux dans notre lointaine retraite.

Et entre des baisers échangés, il organisait leur existence future. Elle l'écoutait parler, le regardait, se disant :

— Si pourtant il était ambitieux, je ne serais point obligée de faire des démarches pour lui. S'il se doutait de mon projet.

Tout à son bonheur, il ne se doutait de rien. Le lendemain il partit selon son habitude à neuf heures un quart. Aussitôt que le bruit de ses pas cessa de se faire entendre dans l'escalier, Colette s'habilla en quelques minutes, descendit et aussitôt dans la rue héla un fiacre et se fit conduire chez le député de Mornoie, place Malesherbes. Il l'attendait.

Ce de Mornoie était en apparence, un homme austère, honnête, incorruptible, n'admettant aucune transaction de conscience. Au fond ses collègues n'ignoraient point que ce Caton était un habitué des coulisses et qu'après un discours virulent à la Chambre, ou un article débordant de vertu dans son journal il se délassait en compagnie de demi-mondaines très en vue et usait de son influence comme chef de groupe, pour imposer aux ministres ses volontés. Divorcé, il vivait comme un vieux marcheur et ses jambes un peu raides retrouvaient un peu de leur ancienne élasticité quand il voyait une toilette tapageuse courant sur le trottoir. La qualité de la femme lui importait peu, pourvu qu'elle fut jeune et jolie. Colette l'avait séduit l'avant-veille, comme il ne s'illusionnait pas sur ses avantages physiques, n'avait pas de fortune, il payait ses conquêtes par des faveurs ministérielles.

Son petit appartement à l'entre-sol était une véritable garçonnière où jamais ne pénétraient ses électeurs qui eussent été capables de se froisser à la vue de ce luxe apparent, en respirant ces odeurs dont certaines femmes aiment à s'imprégner.

Colette le suivit d'un pas tranquille dans un petit salon-boudoir où la lumière ne pénétrait que par une grande fenêtre en verres de couleur donnant sur la place. Il régnait dans cette pièce une douce obscurité qui permettait aux physionomies de cacher leurs impressions. Colette s'assit sur un fauteuil très bas.

— Vous êtes exacte, Madame, lui dit-il après les premiers compliments échangés.

Il lui prit les deux mains qu'il baisa.

— Quand il s'agit d'un rendez-vous d'affaires, il ne faut pas se faire attendre, répondit-elle.

Il s'enhardit, s'approcha, leurs genoux se rencontrèrent.

— Eh bien que faut-il que je fasse pour vous plaire? fit-il, en la regardant de ces petits yeux noirs et vifs d'où s'échappaient des lueurs.

— Ne perdons point notre temps en roucoulements qui seraient tout à fait ridicules.

— Pourquoi donc?

— Parce que vous avez les cheveux gris et la démarche lourde, vous avez dépassé l'âge où l'on peut espérer être aimé pour son physique ou son esprit.

— Vous êtes dure.

— Je suis franche. Et moi avec mes vingt-deux ans, ma beauté, je serais humiliée à mes yeux, si je m'abaissais à simuler un attendrissement quelconque en écoutant vos déclarations tout à fait hors de saison. Gardez-les pour celles qui laissent ici ces odeurs qui ne grisent que les tout jeunes et... les autres, et donnent simplement la migraine aux hommes dans la force de l'âge et bien bâtis.

De Mornoie écoutait, ahuri à demi, ce langage étrange.

— Que voulez-vous dire? Je ne comprends pas; dit-il.

— Vous m'avez vue avant-hier à la soirée du ministre des Beaux-Arts; aussitôt vous vous êtes enflammé et vous avez entrepris ma conquête.

— Quand cela serait?

— Vous n'êtes pas le premier, mais aucun n'a réussi.

— Votre plaisir est donc de faire souffrir ceux qui vous aiment ?

— Non. Leurs souffrances ne sont pas de celles que l'on plaint. Quand j'ai répondu à vos avances, que j'ai accepté votre bras, je savais qui vous étiez. C'est pour cela que je me montrai aimable, que j'écoutai vos discours et acceptai de me rendre ici.

— Vous aviez un but ?

— Certainement, sans cela je ne me serais pas dérangée. Je voudrais que mon mari au lieu de sa petite perception en province, obtint un emploi aux colonies.

— Lequel ?

— Dans les finances, naturellement.

— Et vous l'accompagneriez ?

— Non, il partirait seul. Je veux demeurer à Paris.

— Puisque vous êtes franche, je le serai à mon tour. Si j'obtiens pour votre mari le poste désiré qu'aurai-je en échange ?

Elle le regarda en souriant, se leva :

— Moi, dit-elle.

Il lui prit la taille qu'il serra avec force.

— Doucement, fit-elle en se débarrassant de cette étreinte, ne soyez pas si pressé. Un baiser suffira pour aujourd'hui.

Elle chercha la porte dissimulée par une tenture :

— Quand vous reverrai-je ? lui demanda-t-il.

— Quand il vous plaira. Vous connaissez mes conditions.

Le politicien hébété par la passion, la reconduisit, en usant largement de l'autorisation de promener ses lèvres sur ses joues et ses yeux. Il la regarda s'engouffrer dans l'escalier, écouta le frou-frou harmonieux des étoffes glissant sur les marches et courut à la fenêtre qu'il ouvrit, afin de la voir traverser la place. Elle avait disparu qu'il croyait la voir encore, demeurait comme hypnotisé, debout, tenant d'une main un rideau entr'ouvert. Il finit par se ressaisir, s'étira comme s'il s'éveillait brusquement et s'effondra sur un fauteuil.

Subitement il était devenu amoureux de cette femme, il sentait la jalousie le mordre car il se disait que pour vouloir éloigner son mari, elle devait avoir un amant. Une fois éloigné l'encombrant personnage, elle ne craindrait plus les surprises, le procès en adultère, toujours ridicule quand un drame ne l'a pas précédé.

Et quand Réval aurait sa place, tiendrait-elle sa promesse? Ne se moquerait-elle pas de lui après l'avoir berné? Nettement elle lui avait dit qu'il était tout le contraire d'un séducteur, il connaissait donc son opinion sur son compte. Il ne pouvait plus reculer, non seulement il avait promis, ce qui était de mince importance, mais il la voulait, c'était la passion qui le guidait. Le jour même, il alla au ministère des colonies, vit le ministre et lui exposa sa demande. Celui-ci le regarda :

— Tenez-vous beaucoup à envoyer hors de l'Europe votre protégé? lui demanda-t-il.

— Enormément, monsieur le ministre.

— Et si je refusais ?

— Il faudrait alors préparer votre déménagement.

L'excellence de hasard comprit :

— Demain matin vous aurez une réponse satisfaisante, monsieur le député.

Les deux hommes se séparèrent.

— Il y a une femme dans tout cela, se dit le ministre, je tirerai au clair cette affaire. Ce de Mornoie est vraiment trop exigeant, il ne passe point une semaine sans menacer de faire sauter le ministère si on ne satisfait pas ses moindres caprices.

Le soir il était renseigné, et écrivait à de Mornoie qu'il envoyait son protégé en Cochinchine. Quand il eut mis sa lettre à la poste il en adressa une seconde à Mme Colette Réval, artiste peintre, où il la priait de passer au ministère le plus tôt possible pour une communication l'intéressant.

— Si c'est son mari qui décachète ma missive, se dit-il, il trouvera la chose naturelle, sa femme étant peintre, si c'est elle qui l'ouvre, elle comprendra. De toute façon je la verrai.

Le lendemain à dix heures, Colette à qui la lettre était arrivée directement, était dans le salon d'attente du ministre, et après vingt minutes fut introduite dans le luxueux cabinet du haut fonctionnaire, qui, d'un coup d'œil fut convaincu que l'on tenait à expédier au loin un mari encombrant. Il fut séduit, se montra aimable, empressé, disposé à faire tout pour être agréable à une femme charmante doublée d'une artiste de grand talent. Mais cela n'irait pas tout seul il y avait tant de demandes appuyées par de hautes personnalités de la Chambre et du Sénat qu'il faudrait attendre peut-être quelques mois. Dans notre colonie de l'Extrême-Orient, il y avait déjà beaucoup trop d'employés. Et tout en parlant, l'excellence dévorait des yeux la jeune femme, qui l'écoutait avec attention, le regardait fixement attendant la fin de son filandreux discours.

— Alors, monsieur le ministre, c'est une fin de non recevoir? lui répondit-elle.

— Je ne dis pas cela, mais...

— Mais quoi? interrompit-elle. Expliquez-vous.

Il lui prit une main qu'il porta à ses lèvres :

— Il ne tiendra qu'à vous que la chose se fasse très rapidement.

— Je comprends. J'accepte.

Malgré son cynisme, le fonctionnaire eut un mouvement de surprise et resta muet, la bouche ouverte, les yeux ronds, la face rouge.

— Et quand pourrai-je vous voir? finit-il par bégayer.

— Quand mon mari aura sa nomination.

— Après-demain, au plus tard vous pourrez lire à l'*Officiel* que M. Victor Réval, nommé percepteur à Montigny-les-Vaucouleurs, est envoyé en Cochinchine et un autre ira occuper le poste qui lui était primitivement destiné. Je m'entendrai pour cela avec mon collègue des finances.

Colette se leva pour partir, malgré les instances du

ministre qui eut voulu la garder plus longtemps et la faire causer. Il tenait surtout à connaître son degré d'intimité avec de Mornoie.

— D'autres attendent leur tour, Monsieur, il ne faut point les impatienter.

— Eh bien qu'ils attendent, ils sont là pour cela.

Elle ne voulut rien écouter et se retira, escortée jusqu'à la porte par l'inflammable secrétaire d'Etat qui, obsédé par son souvenir, écouta distraitement ceux qui arrivèrent ensuite jusqu'à lui.

En retournant chez elle, la jeune femme songeait à la position où elle se trouvait prise entre deux hommes qui se disputaient sa possession, elle devrait manœuvrer habilement pour arriver à envoyer son mari au loin.

IV

Elle avait reçu la lettre du député lui annonçant que sur ses instantes recommandations, son désir allait être exaucé, elle serait seule, libre, n'ayant pas à redouter les plaintes, les menaces, les brutalités peut-être d'un être à l'esprit étroit dont elle était condamnée à subir l'autorité. L'amoureux législateur lui faisait un tableau charmant de leurs félicités futures quand ils pourraient se voir librement.

— Sa lettre pourra me servir, dit-elle, lui que je croyais un esprit froid, il se livre comme un benêt de vingt-cinq ans.

Il lui demandait un rendez-vous ; elle lui répondit qu'elle le verrait dès que la nomination de son mari serait officielle. Il s'agissait de préparer celui-ci au changement brusque auquel il ne s'attendait pas. Lorsqu'il rentra le soir elle parla de la perception et déclara qu'elle voulait mieux pour lui que ce maigre poste. Il y eut une explication suivie d'une querelle et finalement le pauvre garçon accepta ce qu'on lui imposait.

— Mais comment, demanda-t-il, es-tu arrivée à obtenir cette faveur ?

— Parce qu'on m'a fait des compliments sur tes qualités d'employé et j'ai profité de la circonstance pour demander mieux. En France ce n'était pas possible. Il n'y avait donc que les colonies.

— C'est vrai, murmura-t-il, mais cet exil ne me plaît guère. Que feras-tu pendant mon éloignement ?

— Ma mère viendra demeurer avec moi. Puis, j'irai te rejoindre là-bas.

— Bien sûr ?

— Je te le jure.

Ce mari devenait un être gênant dont il fallait au plus vite se séparer. Sa nomination parut et Colette alla voir le ministre pour le remercier. Il se montra entreprenant, elle s'irrita. Furieux, il s'écria qu'il ne laisserait pas partir Réval :

— Je le ferai avertir du rôle que veut lui faire jouer de Mornoie, qui est votre amant, dit-il en terminant.

— Monsieur de Mornoie n'est pas mon amant et ne le sera jamais, répondit-elle.

— Alors pourquoi son intervention dans cette affaire ?

— Parce qu'il espère le devenir.

— Et vous consentiriez ?

— Non plus à présent.

— Vous avez des raisons sérieuses pour pouvoir lui résister.

— Oui. Il a été maladroit, j'ai une lettre de lui, j'en aurai une seconde encore plus sotte, il n'osera rien dire.

— A vous, peut-être, mais il peut se tourner contre le ministère et le renverser.

— Si je m'y oppose il ne vous causera aucun dommage. Cela dépendra de vous.

— Oh, alors, la chose est entendue. Et moi, puis-je espérer ?

— Je vous le permets.

Elle souriait, il lui prit la taille :

— Vous ne serez point cruelle ?

— Non, mais il faudra être prudent.

— Et de Mornoie, comment vous délivrer de ses assiduités ?

— Je m'en charge.

Ils convinrent d'un rendez-vous pour le soir, rue du Bac où le ministre avait un petit appartement, dans un ancien hôtel. Elle trouverait bien un prétexte pour expliquer à son mari une absence de deux heures ; Une visite chez un marchand de tableaux,

Elle rentra chez elle et à cinq heures sortit, laissant un mot à Réval. Peut-être, lui disait-elle, ne lui serait-il pas possible de se trouver pour l'heure du dîner, en ce cas elle dînerait avec une amie et serait de retour à neuf heures au plus tard. Réval trouva que les marchands de tableaux étaient bien absorbants, mais enfin sa femme avait un talent reconnu de paysagiste, ses toiles se vendaient, il fallait bien subir quelques ennuis en échange de la notoriété conquise, de la célébrité qui viendrait et du profit matériel que l'on tirait de ses œuvres. Il décida d'aller dîner au restaurant où il rencontrerait quelques connaissances et trouverait le temps moins long.

Colette avait pris une voiture de place pour se faire conduire à son rendez-vous. Son sang-froid l'abandonnait elle se sentait moins forte, moins décidée au moment où pour la première fois, elle allait prendre un amant. Jusqu'alors elle avait cru la chose facile. Un mari que l'on n'aime pas, le tromper n'a pas d'importance, prendre un amant qui déplaît mais dont l'appui est indispensable, c'est une affaire et en affaire on paye comme on peut. Elle ne pouvait corrompre un ministre en lui offrant de l'argent en échange de ses services ; il acceptait la personne, il la possèderait. Tant que tout cela n'avait été qu'à l'état de supposition, la jeune femme n'avait pas éprouvé une minute d'hésitation, ne voyant que les défauts, ou ce qu'elle qualifiait ainsi, de Réval, mais dans cette voiture qui l'emportait, ces défauts ne lui semblaient plus aussi grands, pouvant justifier l'acte qu'elle allait accomplir froidement, sans passion pour son complice qui eut pu être un autre personnage sans qu'elle s'en préoccupât.

Réval était bon, aimant, honnête, assez instruit mais sans ambition, d'esprit médiocre, ne recherchant pas le monde, elle lui faisait un crime de ses goûts simples, mais tout cela ne la justifiait pas, elle le comprenait maintenant.

La voiture s'arrêta. Elle se demanda si elle n'allait pas donner l'ordre au cocher de la reconduire où il l'avait prise, mais elle se révolta contre ses scrupules qui venaient la tourmenter quand il était trop tard, descendit, paya l'automédon et comme celui qu'elle allait rejoindre lui avait donné les détails nécessaires, elle passa devant la loge du concierge, traversa une vaste cour où, au fond s'élevait un pavillon isolé au rez-de-chaussée duquel était le logement où elle était impatiemment attendue. Elle monta un perron de six marches protégé par une marquise, ouvrit une porte vitrée et se trouva dans une antichambre dont elle n'eut pas le temps de voir l'ameublement, car au bruit de la porte se refermant, le ministre avait paru les mains tendues, le dos voûté, la bouche souriante, prête au baiser :

— Enfin, vous voilà, dit-il, en l'entraînant dans une pièce dont les deux fenêtres donnaient sur un jardin, qui s'enfonçait entre de hauts murs et des maisons.

Elle tomba sur un fauteuil, énervée, humiliée à ses propres yeux. Mais l'homme d'Etat, se méprenant sur ses pensées, lui enlevait maladroitement ses vête-

ments, elle n'avait pas la force de protester contre ces attouchements d'un être qu'elle ne connaissait pas trois jours auparavant, laid, prétentieux, n'ayant aucune des qualités indispensables pour séduire une femme et elle lui apportait son corps ravissant qu'il allait posséder comme sa chose. En effet, ne l'avait-il pas payée, cette merveille que tant d'autres eussent désirée ; ce qu'il faisait était tout simplement un droit qui lui avait été reconnu.

Honteuse de sa nudité, elle tira les lourds rideaux des fenêtres et la chambre se trouva dans une nuit discrète où l'on distinguait à peine la forme des meubles. En levant les yeux, Colette vit en face d'elle se mouvoir une ombre blanche, dont les cheveux retombaient sur le dos et les épaules en cascades ruisselantes, et les yeux de cette ombre brillaient, ses bras blancs s'agitaient et sur la poitrine nue se promenait une tête de monstre. C'était la jeune femme, en cheveux, qui se voyait ainsi, reflétée dans une glace se débattant contre l'homme auquel elle était venue volontairement se livrer.

Malgré son trouble ; sa colère, l'humiliation qui l'écrasait elle se dit que toute résistance était impossible. Son orgueil l'empêcha de supplier et ce fut avec un accent de haine terrible qu'elle cria :

— Lâche, qui profite de sa situation pour abuser d'une femme.

Mais lui n'écoutait pas, n'entendant rien, il ricanait fier de sa force, et fatiguée, énervée, sa victime tomba sur l'épais tapis qui recouvrait le parquet, l'entraînant dans sa chute. Quand elle sortit de l'appartement, la figure dissimulée sous une voilette noire, la taille courbée comme pour se faire plus petite et passer inaperçue à travers les indifférents dont elle croyait sentir les regards aigus et railleurs fixés sur sa personne, elle traversa rapidement la cour, arrivée dans la rue se mêla aux passants et après une course de dix minutes, un peu calmée, ralentit sa marche, un cocher en maraude s'arrêta près du trottoir lui faisant signe. Elle s'engouffra dans la voiture, donna une adresse et l'équipage s'ébranla lourdement.

— Je n'aurais jamais supposé qu'il fut si difficile de tromper un mari que l'on n'aime pas, se dit-elle. Enfin, je me suis sacrifiée, il faut que mon sacrifice me profite.

Le confiant Réval accepta les explications qui lui furent données, fut heureux des baisers qui les accompagnèrent et trouva tout naturel son départ pour l'Extrême-Orient, il ne pouvait pas décidément, végéter en France où l'avancement est si lent, il était préférable d'aller au loin pour quelques années, cet exil lui vaudrait à son retour une situation en vue dans la métropole.

Le lendemain, après le départ de son mari pour son bureau un commissionnaire lui apporta une lettre de de Mornoie, qui l'attendait place Malesherbes. Elle avait complètement oublié le politicien.

— Lui, par exemple, non jamais ! dit-elle en froissant la lettre.

Il demandait une réponse par le porteur qu'elle renvoya en lui disant qu'elle répondrait plus tard. Le député qui attendait autre chose, la date et l'heure d'un rendez-vous, entra dans une colère terrible, devinant qu'il avait été joué par le ministre :

— Il ne gardera pas longtemps son maroquin, se dit-il, à la première occasion, je le renverse, lui et ses collègues.

Avant, il voulut savoir comment les choses s'étaient passées. On n'entrerait certainement pas dans les détails, mais dans le fatras des explications qui lui seraient données, il saurait bien deviner la vérité. Il alla voir l'Excellence, qu'il trouva, souriante et la main tendue ;

— Avant tout, lui dit-il, ayons une explication.

— Sur quoi, mon cher collègue ? répondit l'autre d'un air railleur.

— Vous le savez bien. Apprenez que je n'aime pas que l'on se moque de moi ;

— Se moquer de vous ! qui se le permettrait ?

— Vous ; ne jouez pas l'étonnement.

— Moi, et de quelle façon ?

— En m'enlevant la femme de ce percepteur que je vous avais recommandé.

— J'ignorais que vous étiez dans l'intimité de Mme Réval qui m'a affirmé ne pas vous connaître.

— Trève de plaisanteries, Monsieur. Cette femme me plaisait, vous l'avez, sans efforts d'imagination, deviné. Elle vous a plu et, j'ai été joué.

— Cela arrive quelquefois aux plus forts, de perdre

une partie qu'ils croyaient gagnée. Si vous le permettez, j'ai à m'occuper de choses plus sérieuses que d'une amourette de député. Nous reparlerons de cela plus tard.

— Eh bien, préparez votre déménagement.

— Voyons, la passion vous fait perdre le jugement. Si, ce que je ne veux pas croire, vous me vouliez du mal, ce serait imprudent de votre part.

— Vraiment. Comment cela ?

— A votre âge on peut être amoureux, ce qui déjà est une sottise, car les cheveux gris, le sourire ébréché, la démarche lourde ne séduisent point une femme de vingt-cinq ans, belle comme votre protégée. Il faut éviter d'écrire des lettres passionnées à ces êtres gracieux, légers, fantasques dont on veut faire la conquête, autrement ces correspondances débordantes de passion peuvent être communiquées, livrées à la publicité, vous voyez les conséquences, l'écroulement d'une situation pour un homme politique aussi en vue que vous.

— Quoi, elle vous a fait lire mes lettres ?

— Oui. Oh c'est elle qui me les a confiées après m'en avoir parlé.

— La misérable ! Elle est alors votre maîtresse, de passage.

— Notre intimité peut durer, car je vous assure que j'en perds la tête. Ma foi, comme elle ne veut pas se partager et que personnellement je n'y tiens pas, je la garde.

— Elle se moque de vous et vous quittera.

— Pas tant que j'occuperai mon poste, c'est son intérêt, si elle se moque de moi, elle m'a du moins tout accordé, ce qui me console, mais vous avez été sa dupe sans pouvoir obtenir une revanche ; et, me détestant pour ce tour que vous me reprochez de vous avoir joué, vous êtes condamné à rester mon *allié politique*. Vrai, je ne vous croyais pas aussi imprudent.

De Mornoie s'avoua vaincu :

— Nous nous retrouverons, dit-il.

— Quand vous voudrez, répliqua son rival heureux.

Ils se séparèrent, échangeant des regards haineux. Le politicien maugréait contre la perfidie de la jeune femme, mais il sentait malgré lui la passion l'envahir. Il ne voulait plus par amour-propre froissé, l'enlever à son ennemi, mais il la voulait pour lui, pour la garder, car il l'aimait et ce qui venait de lui arriver rendait encore plus violente sa passion. Il se dit qu'il fallait attendre que le hasard lui fournit une occasion de prendre une revanche.

Quant au secrétaire d'Etat, il pressa le départ du mari dont il était jaloux. Colette était revenue rue du Bac, mais ces entrevues n'avaient plus eu comme accompagnement des cris de rage, des larmes ; la jeune femme avait pris son parti de la situation et ce fut avec un sentiment de délivrance qu'elle accompagna jusqu'à la gare de Lyon le brave garçon qu'elle expédiait à trois mille lieues de France. Lorsqu'il fut monté en wagon, qu'ils eurent échangé les suprêmes baisers et les derniers serrements de mains, que le train se mit en marche et disparut bientôt, Colette joyeuse retourna à un logis désert où tout rappelait encore le souvenir de l'absent. Aidée de sa femme de ménage elle rangea vêtements et bibelots dans des tiroirs, descendit sur les boulevards et dans la cohue, bousculée par les uns, regardée effrontément par les autres, elle se sentait heureuse, marchait légèrement et murmurait :

— Libre, enfin, libre.

Le lendemain, elle reçut de son mari un télégramme lui annonçant son arrivée à Marseille et son embarquement dans quelques heures. Et quand elle eut lu dans les journaux le départ du bâtiment qui emportait vers des rivages lointains, fonctionnaires, voyageurs et émigrants, elle fut tout à fait tranquille.

V

Elle ne chercha pas à cacher ses relations avec le ministre sans pourtant les afficher d'une façon trop ostensible, cela lui donnait de l'importance. Bientôt elle eut une petite cour; les journaux parlèrent de ses tableaux avec des éloges exagérés, Rosa Bonheur n'avait qu'à se bien tenir, elle serait sous peu dépassée. Le salon de l'appartement conjugal qui lui avait servi jusqu'alors d'atelier fut trouvé trop petit, elle loua un grand local, boulevard Berthier, dans une des belles maisons de ce quartier tout rempli d'hôtels d'artistes, elle eut alors un véritable atelier dont elle fit un petit musée et, y attenant, un appartement qu'elle meubla avec beaucoup de goût.

Son amant venait la voir plusieurs fois par semaine, oubliant dans sa société les soucis de la politique. Lorsqu'il lui parlait de coalitions de groupes contre le ministère, elle lui répondait invariablement :

— Le jour où tu te sépareras de ton portefeuille, je te quitterai.

Et il tremblait, car son caprice s'était changé en une passion folle, il ne doutait pas qu'elle mît à exécution sa menace. Aussi lui accordait-il tout ce qu'elle lui demandait, et il n'était autorisé à passer la nuit chez elle que, quand la faveur sollicitée ou plutôt exigée impérieusement était accordée. Le malheureux perdait la tête à vouloir satisfaire son exigeante maîtresse et devenait d'une jalousie féroce lorsqu'il la voyait causer trop longtemps avec un des jeunes gens, artistes ou écrivains, habitués de ses lundis.

De Mornoie n'ayant pu être l'amant, s'était contenté du rôle modeste d'ami, préparant une revanche contre celui qui avait si lestement pris la place qu'il convoitait. Dans le journal dont il était l'inspirateur on ne tarissait pas en éloges sur le talent de Mme Colette d'Olbreux — elle avait repris son nom de jeune fille — espérant que ses amabilités auraient peut-être un jour leur récompense ; car il voulait la jeune femme, il l'aimait et quand chacun se retirait, que seul demeurait le maître du moment il avait comme des accès de rage et eut éprouvé un plaisir inouï à voir s'écrouler la maison ensevelissant sous ses ruines la femme qu'il adorait et l'homme qu'il haïssait. Ses yeux se creusaient, ses joues tournaient au parchemin, son nez s'allongeait démesurément et quand il essayait d'attendrir Colette elle riait :

— Regardez-vous donc dans une glace, lui disait-elle, vous n'êtes plus qu'un squelette.

— C'est votre faute. Pourquoi êtes-vous si belle. ah, si je pouvais briser celui qui vous a prise.

— Il y a vos lettres.

— Mais vous ne l'aimez pas?

— Non je vous le jure.

— Alors pourquoi m'avoir empêché de le faire tomber du pouvoir.

— Parce qu'il m'est utile comme ministre et que le jour où il reviendra simple député, ma porte lui sera fermée.

— Vous êtes féroce.

— Si vous croyez que c'est amusant d'avoir à ses côtés un être que l'on n'aime pas ; déjà vieux, laid, bedonnant, débitant des phrases amoureuses qui seraient mieux placées sur les lèvres d'un jeune homme. Il ne comprend pas combien il est ridicule en me parlant ainsi ; il serait bien plus simple d'agir nettement. Je suis sa chose, sa machine à plaisir, qu'il agisse et parle en conséquence. Je ne lui demande que la plus vulgaire politesse et il se croit obligé de s'extasier sur ma beauté, de s'asseoir à mes pieds, de me baiser les mains quand nous sommes seuls

— Vous le haïssez?

— Il me dégoûte, mais je ne veux pas le changer pour un autre qui aurait les mêmes ridicules.

— Vous le tromperez?

— Non, dans quel but?

— Pour le plaisir de le tromper, d'abord, et ensuite parce que vous en aimerez un autre.

— Quand même mon cœur serait pris je lui serai fidèle jusqu'au jour, je vous le répète où il sera dépossédé de son portefeuille ministériel.

— Pouvez-vous répondre d'avoir ce courage?

— Je vous le jure. En attendant je n'ai pas de temps à perdre il me faut tirer tout le parti possible de ma situation.

Le député put se convaincre que son cynisme était égalé, sinon dépassé par cette jeune femme qui ne connaissait rien du monde et agissait guidée seulement par son instinct d'ambitieuse effrénée qui valait pour elle une longue expérience. Il se retira en lui disant :

— Madame, vous êtes pour moi un phénomène, je vous hais, je vous aime, je vous admire, je vous étudierai, je suivrai jalousement vos manœuvres, vos évolutions, espérant et craignant tout à la fois de vous voir échouer au moment même où vous croirez tenir le succès.

— Cela me surprendrait.

— Pas moi, votre confiance en vous est trop absolue pour réussir, à moins que... il s'arrêta.

— A moins que? Achevez votre pensée.

— Que vous soyez une de ces femmes dont le corps est aussi froid que le cœur, sur qui les sens n'ont aucune influence.

— Eh bien vous êtes dans l'erreur. Je suis passionnée autant qu'une femme peut l'être et si mon mari avait eu les qualités morales que je lui souhaitais, jamais il ne me fut venu l'idée de le tromper, c'eut été un mari parfait, idéal dont j'aurais été férocement jalouse. Je recherchais ses caresses, quand il me tenait dans ses bras, à me briser les os, j'oubliais tout. Mais après je me rappelais son goût de vie calme, sans lutte, attendant sa retraite en véritable rond de cuir qu'il était et qu'il restera.

— Alors vous succomberez. Les sens exerceront leur influence sur le cœur.

— Jamais ; je lutterai, je devrai me vaincre mais j'arriverai, je vous l'affirme. Et quand je n'aurai plus besoin de personne, que j'aurai conquis la réputation et la fortune, si je rencontre par hasard l'homme que j'ai toujours rêvé, s'il me fait la cour, je l'écouterai et avec lui je me rattraperai de mes privations, j'oublierai mes humiliations, mes dégoûts. Quand je vois votre ministre entrer chez moi, s'y installer en maître j'ai des nausées. Il me faudra bien des caresses, bien des paroles d'amour pour me faire oublier ce que m'aura fait subir sans s'en douter, ce personnage visqueux, prétentieux, répugnant.

— L'ambition exige de la part d'une femme des sacrifices...

— Que je ne regrette pas, cela aura une fin.

— Pas peut-être telle que vous l'espérez.

— Pourquoi donc ?

— Vous venez de me parler franchement, je vais vous répondre de même. Je vous aime et vous désire, si je vous disais le contraire vous ne me croiriez pas. Peut-être serez-vous à moi un jour, non par affection mais par intérêt, on ne sait pas. Peut-être aussi votre mari sera-t-il l'obstacle contre lequel vous vous briserez.

— Par exemple ! Puisque je vais demander le divorce.

— Et vous l'obtiendrez, je n'en doute pas. Mais si plus tard, dans deux ans, dans dix, le temps n'y fait rien, si ce mari si vigoureux et si peu ambitieux sentait s'éveiller en lui le désir de se venger...

— Et de rentrer en France pour me tuer.

— Je suppose, car il s'agit d'une simple supposition, je ne le connais pas, si la façon dont vous vous en êtes débarrassée éveillait en lui l'ambition, que là-bas, renonçant à son poste il se lance dans les affaires, s'enrichisse, devienne un personnage important, très connu, ayant conquis tout à la fois l'influence et la fortune, qu'il revienne à Paris précédé de sa réputation, flanqué de sa richesse, qu'il soit recherché des uns pour ses qualités morales, des autres pour ses millions, alors peut-être, — je le souhaite — en deviendrez-vous amoureuse, chercherez-vous, mais en vain, à le reconquérir. La jalousie vous torturera, vous le suivrez de loin pour surveiller ses relations et quand vous l'apercevrez en compagnie d'une de ces demi-mondaines qui s'accrochent aux millionnaires qui fournissent à leur luxe, et s'en éprennent souvent quant à l'éclat de l'or qui permet toutes les folies, ils joignent la célébrité de l'homme arrivé par son intelligence.

La jeune femme en écoutant de Mornoie paraissait réfléchir et ne songeait point à l'interrompre, quand il cessa de parler, que le silence les enveloppa elle tressaillit, agita sa jolie tête comme pour en chasser des idées désagréables et dit d'une voix un peu rauque :

— C'est un rêve que vous me racontez là. Mon pauvre mari finira chef de bureau et se retirera dans son village passer tranquillement le reste de son existence.

— Peut-être, ne vous y fiez pas trop.

— Savez-vous que vous me faites peur.

— Alors quelles seront vos impressions quand Réval le millionnaire, Réval le grand colonisateur apparaîtra sur le boulevard. Les journaux auront annoncé son embarquement, son arrivée ; donné les moindres détails de son existence à bord. Ils seront pleins de ses interviews et de ses portraits. Et vous lirez tout cela la rage au cœur. Ah ! que je serai heureux à ce moment ; heureux de votre dépit, de votre colère impuissante, de votre amour dédaigné. Peut-être même vous tuerez-vous pour ce pauvre mari chassé et trompé par vous.

— En voilà assez sur cette question, dit-elle, vous cherchez à me faire souffrir, c'est la rage qui vous fait parler.

— Attendons les événements, vous verrez si j'ai bien deviné l'avenir. Je vous quitte, au revoir.

Il se retira la laissant comme écrasée par tout ce qu'il venait de lui dire.

— Ce de Mornoie est fou, se dit-elle, sa passion pour moi lui a enlevé une partie de sa raison. Ses paroles n'ont pas d'importance, c'est l'incohérence complète.

Colette jugeant le moment favorable, organisa dans son atelier une exposition de ses œuvres, bien que peu nombreuses et ne se faisant point remarquer par le fini et la beauté. C'étaient des paysages bien léchés, proprets, gracieux mais où l'on ne devinait pas l'inspiration d'un véritable talent. Les curieux accoururent pour voir l'artiste plutôt que ses tableaux, les échotiers parlèrent de cette exposition comme d'un événement de grande importance, dans certaines feuilles des amis consacrèrent de longs articles à faire l'éloge de ces merveilles, il est vrai qu'ils se seraient extasiés de même s'ils eussent eu à écrire sur des roues de brouette ou des soufflets de forge. Les femmes peintres qui se rendirent au boulevard Berthier firent des compliments à l'auteur, mais entre elles déclarèrent que la meilleure partie de son talent consistait dans sa liaison avec un ministre.

Au nombre des visiteurs se trouva une femme de trente à trente-cinq ans, de taille un peu épaisse, aux épaules larges, à la poitrine forte, accompagnée d'un vieillard à la démarche chancelante, au rire hébété, correctement vêtu, la boutonnière ornée de la rosette d'officier de la Légion d'honneur. Sa compagne le déposa sur un fauteuil avec certaines précautions en lui recommandant de ne pas essayer de se lever pour ne pas être renversé par un curieux qui, sans y mettre aucune malice, l'aurait poussé trop vivement. Puis elle fit le tour de l'atelier transformé en salon d'exposition, s'arrêtant devant chaque toile, prenant ses distances, manœuvrant son face à main comme pour se rendre compte des moindres détails.

Après un long examen, elle demanda à parler à Mme d'Olbreux, si elle était là. On la lui montra et s'en approchant avec la majesté d'une déesse, elle la complimenta sur son talent et lui dit qu'elle serait amateur de deux tableaux, s'ils étaient à vendre. Colette rougit de plaisir en écoutant cette proposition. Elle avait donc réellement du talent, puisqu'on lui proposait d'acheter ses œuvres.

Elle répondit affirmativement et fixa un jour pour se revoir et parler du prix. L'amateur lui remit sa carte, Mme Navor, rentière, 20, rue de la Terrasse.

Pour quelques-uns des visiteurs, l'entrée de Mme Navor avait semblé un événement. Ils avaient souri en la regardant, leurs sourires les avaient rapprochés, la même pensée leur étant venue en même temps ; ils s'étaient parlé tout bas, avaient ri discrètement. Mais quand la majestueuse personne eut causé à Colette assez longuement, et que, avant de se retirer en compagnie de la loque humaine qu'elle avait amenée, on vit les serrements de mains, les paroles, les sourires échangés, ceux qui avaient été d'abord surpris, se livrèrent à de petites contorsions comme s'ils étaient atteints de la danse de Saint-Guy.

Ne trouvant pas le champ assez vaste pour se livrer aux exercices qu'ils esquissaient seulement, les jeunes gens se retirèrent et quand ils furent sur le large trottoir, peu fréquenté, ils se livrèrent à d'extravagantes cabrioles mêlées de rires bruyants et de cris. Ils trouvaient la chose très drôle, la baronne, surnom de la Navor, chez la maîtresse d'un ministre. Comment cela s'était-il fait ?

Le soir dans les cafés où se réunissaient les journalistes on parla de cet événement et le lendemain, quelques feuilles du matin parlèrent discrètement, en quelques lignes, de la visite de la baronne à l'exposition des œuvres de Mme Colette d'Olbreux et de l'entretien qu'elle avait eu avec l'artiste. Un journal demi-mondain, très lu, n'y mit aucune discrétion, donna même des détails qu'il inventa ; que la baronne devait beaucoup aimer la peinture, celle surtout de la jolie artiste pour avoir monté ses quatre étages dans la situation intéressante où elle se trouvait. Une de ses joues très enflées annonçait, en effet, disait-il, une maternité prochaine.

Des journaux d'opposition parlèrent de ce scandale d'un ministre affichant publiquement sa maîtresse avec la baronne ; de Mornoie se frottait les mains, heureux des ennuis qu'éprouvait certainement son rival qui ne se doutait pas de ce qui s'imprimait, se disait dans les cafés, les foyers des théâtres.

Quelques jours plus tard, on annonça une seconde

visite de la baronne qui se retira emportant trois petites toiles dont elle avait fait l'acquisition. Il y eut une nouvelle poussée de potins et un député ami du ministre crut devoir le prévenir.

Je ne vois pas, dit-il, quelle importance on peut attacher à ces balivernes.

— Mme d'Olbreux est votre maîtresse, ce n'est un secret pour personne.

— Eh bien, je ne suis pas marié et par conséquent libre de choisir une femme...

— Oui, oui, interrompit le député, mais il ne faut point oublier que vous occupez une situation en vue que d'autres voudraient avoir. Votre maîtresse ne doit pas vous compromettre par ses relations.

— Mais qu'est-ce que cette fameuse baronne dont on parle avec une indignation qui me semble tout à fait exagérée.

— Quoi, vous ne connaissez pas la célèbre baronne.

— Ma foi non, est-ce qu'elle est très lancée dans le monde des filles.

— Elle n'y est pas mêlée, vit à côté d'une industrie spéciale qui l'a fait connaître en même temps qu'elle lui donne la fortune.

Et il entra dans les détails. Le ministre était comme anéanti :

— Colette ne se doute de rien.

— C'est possible.

— Comment cette baronne de la basse galanterie est-elle allée boulevard Berthier ?

— Se faire voir, racoler des clients.

— Et ce vieux qui l'accompagnait ?

— Une enseigne vivante, comme l'a écrit un journaliste. Cela fait parler, c'est une excellente réclame.

— L'achat des tableaux.

— Toujours de la réclame.

— C'est abominable qu'on mêle mon nom à toutes ces ignominies.

— Vous savez que l'on devient très vertueux quand on est de l'opposition ; mais ces accès de pudibonderie se calment dès qu'on a décroché un portefeuille. Je ne dois pas vous dissimuler que le vôtre est bien compromis, car à la Chambre on commence à parler de vous comme d'un gêneur.

— A ce point là ?

— Oui et la chose ne serait pas arrivée naturellement que je n'en serais pas étonné.

— La visite de cette baronne et ses achats ?

— Un de vos ennemis politiques aurait préparé l'affaire, stylé la baronne et entretiendrait la guerre de plume qui est loin de se calmer, que cela ne me surprendrait pas.

Le ministre leva les bras au plafond en s'écriant :

— C'est de Mornoie qui a fait le coup.

C'est fort possible, étant donné l'acharnement de certains journaux à rappeler sans cesse cette aventure réellement sans importance.

— Si, elle en a, puisque, en ce moment, elle vous bouleverse et compromet votre situation.

— Et je ne peux rien.

— Peut-être, en vous séparant de Mme d'Olbreux.

— Cela jamais, vous entendez, jamais !

— Alors vos jours sont comptés comme ministre si c'est de Mornoie qui a été le metteur en scène de cette pièce que le public trouve très drôle.

C'était bien en effet de Mornoie qui, connaissant de longue date la baronne, lui avait fait un programme peu compliqué, mais suffisant pour donner naissance à un scandale qui obligerait son rival à donner sa démission, ou au moins l'ennuyerait fort. Son calcul s'était trouvé juste et il s'en frottait les mains. Il fit paraître dans son journal une note disant que la célèbre demi-mondaine avait acheté deux nouvelles toiles à l'éminente artiste, Mme Colette d'Olbreux, son amie, dont on connaît les relations intimes avec un des hommes politiques les plus en vue du parti au pouvoir, et même on disait que ce haut personnage aurait accepté de donner son prénom à l'héritier dont la venue était attendue avec autant d'impatience que de curiosité.

Le ministre tenait à son portefeuille par ambition, mais un motif plus sérieux dominait maintenant la passion du pouvoir, c'était la peur d'être abandonné par Colette dont il ne pouvait plus vivre séparé. Il l'aimait avec une rage folle, elle savait entretenir sa passion avec une habileté de courtisane rouée, ne se livrant que lorsque cela lui plaisait, sachant se faire désirer, irritant les désirs de son amant par des provocations habiles, des façons de se vêtir laissant deviner sa beauté, la rendant plus excitante qu'une nudité complète qui est par la perfection même du sujet, un motif d'admiration plutôt qu'un sujet de bestiale convoitise. Il décida donc de laisser passer l'orage, c'était affaire de quelques jours, d'autres événements parisiens surgiraient qui feraient oublier celui que son rival avait fait naître et entretenait avec l'habileté haineuse d'un amoureux éconduit.

De Mornoie qui avait cru un instant tenir sa vengeance, comprit que son ennemi lui échappait, il se jura qu'il aurait raison de cet entêtement, et songea à un moyen plus efficace que celui qui venait d'échouer si piteusement, sur lequel il avait pourtant tant compté.

— Il se moque de moi, se disait-il, à sa place j'en ferais autant, mais nous verrons bien.

En effet, huit jours plus tard, l'aventure qui avait intéressé le Paris viveur était déjà passée à l'état de vieillerie, on n'en parlait plus que rarement, comme souvenir. Colette, que son amant, avait mise au courant, rompit ce commencement de relations avec la trop compromettante baronne qui avait failli amener la ruine de ses projets ambitieux. Elle eut un hôtel, équipages, domestiques, ses tableaux se vendaient, on se disputait l'honneur d'être reçu chez elle, ses bons mots, ses traits d'esprit étaient cités — il est vrai que tous étaient fabriqués par ceux qui les mettaient en circulation. Connaissant l'importance de l'argent, elle faisait payer sa protection par ceux qui, pour réussir, avaient besoin d'un appui officiel. Si un solliciteur n'était pas riche ou n'avait pas avec lui des capitalistes, il était évincé, elle voulait avant tout être payée, sauf à recevoir un supplément si l'entreprise réussisait, et quand son amant hésitait, lorsqu'il s'agissait d'individus tarés, elle refusait de le recevoir et il cédait.

— Vous êtes une maîtresse femme, lui disait souvent de Mornoie, qui fréquentait toujours chez elle, ne pouvant se priver de la voir ; comparé à vous, l'homme le plus intelligent et le plus dénué de préjugé n'est rien.

— Mon amant est intelligent, les scrupules ne le gênent pas, je pourrais en dire autant de vous, mais vous avez le tort d'être amoureux, cela vous perd.

— Je conviens que vous avez raison, car si lui est fou à lier, parce que vous lui avez tourné la tête, je suis placé au même rang, seulement il vous possède, tandis que moi.

— Vous me voyez c'est toujours quelque chose.

Et elle riait d'un mauvais rire. Le malheureux de Mornoie pleurait, suppliait quand il était seul avec elle dans son atelier, la regardant couvrir de couleurs une toile. Ses vêtements légers laissaient deviner la souplesse de son corps, une camisole ou plutôt un veston de cachemire blanc largement ouvert, laissait voir à demi la poitrine ronde, et quand elle se baissait, le regard curieux de l'amoureux transi pouvait se repaître des charmes dont l'attouchement lui était interdit. Quelquefois elle lui demandait de l'aider, il s'approchait timidement et ses mains tremblaient quand il touchait la peau douce et blanche des bras et du cou. Sa figure se contractait, il s'éloignait, tournait dans l'atelier, comme un fauve en colère dans sa cage et allait retomber, anéanti sur un fauteuil. Souvent il lui disait d'une voix hésitante :

— N'aurez-vous donc jamais pitié de moi? Je ne vous demande pas de m'aimer.

— Ce serait réellement trop exiger.

— Mais *lui*, vous ne l'aimez pas et pourtant...

— Il exerce un droit dont vous êtes jaloux, n'est-ce pas. Vous trouvez surprenant que me donnant à lui sans l'aimer, je ne fasse pas la même chose pour vous. C'est assez de subir les caresses d'un homme que l'on méprise, que l'on hait ; deux ce serait impossible, et cela, pourquoi? Quel profit tirerai-je de ma complaisance.

— Vous me haïssez donc?

— Oh non, seulement je ne vous aime pas. Mais le jour où je me serai donnée à vous pour un motif quelconque, je vous mépriserai, j'aurai pour vous une haine atroce.

— Mon rival heureux connaît-il au moins vos sentiments?

— S'il les connaît! Chaque fois qu'il vient me voir je ne les lui dissimule pas, il accepte tout, pourvu que je sois à lui.

— Il n'a donc pas de cœur?

— Et vous, n'êtes-vous pas disposé à remplir le même rôle? Ne lui enviez-vous pas sa situation humiliante? Pas plus que lui vous n'avez de dignité.

— C'est vrai, je suis fou, je vous aime, vous me tuerez.

— Ce sera une place à prendre à la Chambre. Allons mon ami, calmez-vous, soyez fort et sachez vous priver de ce que vous ne pouvez avoir.

— Le jour où vous aimerez et où vous serez dédaignée, vous comprendrez ma souffrance et ce sera le commencement de ma vengeance. Mais elle est longue à venir.

— Je ne sais pas si jamais vous verrez cela, j'en serai la première surprise. Mais, je possède comme toutes les jolies femmes un moyen de séduction qui ne laisse aucun homme froid.

Et elle se tourna vers lui, posa un pied sur une chaise, releva à demi sa jupe, courba sa taille :

— Oh, oui, dit-il navré, si même on ne vous aime pas, on n'osera jamais vous le faire voir. Le plus indifférent sera fier de votre conquête, sauf, après, à vous mettre de côté, vous laisser comme la plus vulgaire des femmes galantes.

Elle eut un frisson :

— Si cela arrivait! murmura-t-elle.

— Que feriez-vous?

— Je tuerais l'homme qui me tromperait ainsi.

— Et après? Cela n'empêcherait qu'il ne vous ait prise que comme fille racolant les clients au coin des rues. Je crois, j'espère que ce sera ma vengeance. J'attends le mortel heureux qui vous réduira à l'état de suppliante, peut-être, sans vous en douter, n'est-il pas loin et précédera votre mari s'il tarde trop à venir, que ce soit lui ou un autre, pourvu que votre cœur soit pris je serai heureux. Mais de plus en plus je compte sur Réval. Qu'il se hâte d'acquérir la fortune, de rentrer en France et je serai le premier à exalter ses qualités, à en ajouter à celles qu'il possède si c'est nécessaire. Ah, vous verrez quelle admirable campagne de presse je ferai en sa faveur.

— Taisez-vous, ce genre de conversation m'irrite, m'empêche de travailler.

— Donc vous avez peur.

Et ils se séparaient pour recommencer à chaque rencontre les mêmes querelles. Mais Colette reprenait vite son calme et continuait à peindre, car elle voulait surtout garder sa réputation d'artiste. Elle alla dans son village, voir sa mère qui la reçut fort mal, lui reprochant sa séparation avec son mari et les bruits que les journaux répandaient sur son genre d'existence :

— Oh, les journaux, si on les croyait.

— Tu es mariée, je ne suis plus responsable de tes actes. Séparons-nous et ne reviens plus ici car tout le monde clabaude sur toi. On dit que tu ne vaux pas mieux qu'Elise, qui fait régulièrement un enfant chaque année.

— Qu'elle épouse son séducteur.

— Elle est enceinte du quatrième, il n'y en a pas deux du même père. Autrement elle serait mariée, ses parents sont désolés.

— Cette pauvre Elise !

Colette dit qu'elle partait le surlendemain. Avant, elle voulut voir son ancienne compagne et lui proposa de l'emmener à Paris :

— Tu demeureras chez moi, lui dit-elle, je dirai pour expliquer ton état, que tu viens de divorcer.

La trop prolifique campagnarde accepta, se mit en route avec Colette, laissant à ses parents trois enfants comme souvenir. Elle n'entendrait donc plus les reproches des uns, les piaillements des autres et serait en même temps délivrée des poursuites d'amoureux à qui elle ne savait pas résister.

VI

Dès son retour à Paris, Colette trouva une lettre de son mari parti depuis un an. Elle avait déjà reçu de ses nouvelles, il la demandait là-bas où il s'ennuyait au milieu des annamites et des chinois. Sa pensée était toujours auprès de sa femme, qu'il aimait et qui devait s'ennuyer, seule. Il comptait sur Mme d'Olbreux pour la distraire. En attendant une bonne lettre d'elle, il lui annonçait qu'elle le trouverait bien changé comme situation, mais qu'il tenait à la surprendre agréablement à son arrivée à Hanoï. « Tu ne te doutes pas de la surprise qui t'attend » disait-il en terminant sa longue missive.

Colette, elle, songeait à divorcer. Elle profita habilement de sa situation de favorite d'un membre du gouvernement pour obtenir le divorce à son profit, mais comme elle voulait mettre de son côté tous les droits, du moins en apparence, elle se laissa poursuivre et saisir par des fournisseurs qui lui avaient consenti des crédits importants, tout fut vendu chez elle, meubles, tableaux, bibelots, trouvèrent des amateurs enragés qui se les disputèrent et les payèrent trois ou quatre fois leur valeur. Elle accusa son mari de l'avoir abandonnée, la laissant sans ressources. L'affaire fut rapidement menée et le pauvre Réval apprit sans s'y attendre, que sa femme avait repris sa liberté pour des causes dont il avait eu à peine connaissance et dont il n'eut pas le temps de démontrer la fausseté. Ce coup inattendu faillit lui faire perdre la raison. Il se demanda pourquoi Colette, au lieu de lui donner des explications, de lui exposer ses griefs imaginaires, s'était brutalement adressée aux tribunaux et pour quels motifs, les juges l'avaient condamné sans qu'il pût se défendre. Il reprit un peu de calme après quelques semaines d'accablement et pour oublier autant que possible toutes ces choses navrantes, se livra à un travail de tous les instants.

La lecture des journaux venant de France, lui ouvrit les yeux, il se douta que ces hauts personnages politiques dont le nom était mêlé à celui de sa femme pouvaient bien n'être que des amants en titre ou en expectative. La quasi célébrité de l'artiste serait due à l'exploitation habile de sa beauté plutôt qu'à son talent. Il lui fallut du temps pour saisir l'enchaînement de toutes ces histoires où l'art, la galanterie et la politique étaient mêlés et arriver à une certitude absolue. Du reste, les rires, les conversations à voix basse de ses collègues, quand il les rencontrait, ne lui laissaient aucun doute. Il résolut de réagir, de lutter, de conquérir la sympathie de tous ceux qui riaient de ce qu'ils appelaient son accident et commença par chercher une autre position.

Son emploi officiel ne lui prenant qu'une faible partie de son temps, il avait pu se créer des relations dans la colonie et avait accepté les offres d'un compatriote qui s'était rendu acquéreur de vastes terrains dont il voulait faire une exploitation colossale des produits du pays. Il eut un traitement triple de celui qu'il avait comme fonctionnaire, une part dans les bénéfices, le logement, la nourriture, les domestiques. Il s'empressa de donner sa démission et quitta avec joie ses collègues un peu surpris de cet acte d'indépendance.

Dès qu'il fut installé à la tête d'un personnel nombreux d'indigènes, il se mit à ses nouvelles occupations et comme arrivaient de France les machines et les instruments de culture, que l'argent ne faisait pas défaut, les usines furent créées, les maisons bâties, les canaux creusés, les terres cultivées, les forêts exploitées. L'instinct endormi du paysan s'était réveillé. Il voulut être riche à son tour, occuper les journaux et le public de sa personnalité, celle qu'il croyait encore sa femme verrait son nom imprimé, mais avec des éloges, ce serait sa revanche. Il avait raconté son existence à M. Mercan son associé, qui connaissait la vie parisienne et lui disait un jour qu'ils parlaient ensemble de ce passé datant déjà de quelques années :

— Je n'ai pas compris ma pauvre Colette, si au lieu de me contenter d'une place modeste je m'étais montré ambitieux, elle ne se serait pas séparée de moi.

— Ne vous faites pas d'illusions, mon ami, répondit M. Mercan, si vous étiez resté en France, vous auriez avancé au choix, grâce à elle et quand vous vous seriez aperçu du rôle qu'elle vous faisait jouer, certainement, vous l'auriez tuée. Il vaut mieux pour vous que les choses se soient passées autrement.

— Ce n'est pas possible.

Ce fut après cette conversation qu'il écrivit à Colette pour la prier de venir le rejoindre. M. Mercan à qui il lut sa lettre la lui fit modifier :

— Ne lui dites pas ce que vous faites, ni ce que vous êtes, laissez lui seulement entendre que, si elle vient, sa surprise sera grande et agréable, vous attendrez sa réponse que je connais d'avance.

— Elle fera comme de mes autres lettres vous croyez ?

— Je m'en doute. Après en avoir pris connaissance, ce qui n'est pas certain, elle la déchirera. Ah ! si elle apprenait ce qui s'est passé, elle accourerait, mais elle vous croit toujours le modèle des employés.

— Eh bien, j'attendrai.

Il attendit, ce fut le jugement prononçant son divorce au bénéfice de sa femme qui arriva.

Il faillit tomber à la renverse en lisant les feuillets de papier timbré et les porta à M. Mercan.

— Cela ne me surprend pas, dit celui-ci.

— Qui aurait pu croire une pareille infamie !

— Un peu de perspicacité eût dû vous la faire prévoir. Mais voilà, vous étiez amoureux, plein de confiance ; vous croyiez être aimé et vous n'étiez qu'exploité. Il le mit au courant de ces histoires parisiennes qu'il ignorait, ne lisant jamais les rubriques mondaines des journaux. Ces potins ne l'intéressaient pas, il se livrait à des lectures plus sérieuses et pour lui plus attrayantes que les aventures de filles plus ou moins cotées dans les cabarets à la mode.

— Vous saviez que ma femme était la maîtresse du ministre ?

— Je m'en doutais.

— Et vous ne m'en avez jamais parlé.

— Je pouvais me tromper, malgré les apparences j'ai préféré attendre et vous laisser vos illusions jusqu'au bout. Il va y avoir du nouveau dans l'existence de Mme d'Olbreux, car son protecteur vient enfin de démissionner. Depuis votre départ, plusieurs ministères se sont succédé, ce politicien amoureux a fait partie de toutes les combinaisons, sacrifiant sans peine, tout naturellement, ses opinions de la veille pour en défendre d'autres plus modérées ou plus avancées, cela lui était égal pourvu qu'il gardât son maroquin — et sa maîtresse.

— Vous supposez qu'il tient beaucoup à elle ?

— Je n'en doute pas. Je l'ai deviné à la lecture des journaux. Mme d'Olbreux pourrait recevoir quelques coups désagréables de cette chute de son protecteur. Mais elle est femme à se refaire une position, elle traitera son amant comme elle a traité son mari, seulement sa réputation d'artiste pourrait bien disparaître dans cette crise politique, à moins qu'elle ne rencontre encore un politicien pouvant disposer des places, des décorations, de l'argent, ce qui est possible.

Pendant qu'au loin, à l'extrémité de l'Asie, sur les rives du Mei Kong, deux hommes parlaient de ces choses qui n'intéressent réellement que cinq ou six personnes et sont des événements sur les boulevards parisiens; chez Mme d'Olbreux, avaient lieu des scènes terribles entre elle et son ami tombé du pouvoir. Il s'était rendu boulevard Berthier à la suite de la séance où le cabinet dont il faisait partie avait donné sa démision. En voyant sa mine déconfite elle se douta que quelque chose de grave venait de s'accomplir.

— Cette fois c'est pour de bon, murmura-t-il en s'affalant sur un canapé.

— Quoi donc?

— Je ne suis plus ministre.

— Tu le seras demain, comme cela a eu lieu déjà plusieurs fois.

— Impossible à cause de mes opinions.

— Tes opinions, tu veux rire. Tu en as de rechange. Cherche et tu en trouveras bien une qui s'accordera avec celle de vos successeurs.

— Certainement, j'y ai songé, mais ce n'est pas moi qui refuse, ce sont les autres qui ne veulent pas accepter mon concours.

— Les autres, on les connaît donc?

— A peu près ; ce qui est certain c'est que je suis exclu de la nouvelle combinaison.

— Alors mon ami, tu sais ce qui t'attend, ici. Du même coup tu es exclu de mon lit.

— Toi aussi, tu m'abandonnes ?

— Non, je te mets à la porte. Tu ne dois pas en être surpris, depuis que nous nous connaissons, tu es averti.

— Aie pitié de moi, console-moi !

— Je n'ai pas de temps à perdre en paroles inutiles. Tu sais bien que je ne t'ai jamais aimé, pas même estimé, tu m'as rendu des services que je t'ai payés, à présent c'est fini, bien fini.

Il pria, supplia, pleura, Colette le laissa se lamenter, entra dans son appartement pour s'habiller, elle devait aller le soir au théâtre, elle le laissa en compagnie d'Elise Leval qui, trois ans auparavant, arrivée à Paris, enceinte de six mois, avait sans difficulté, trouvé le moyen d'ajouter deux nouveaux rejetons à ceux qu'elle possédait déjà, au grand désespoir de Mme d'Olbreux, dont la question était toujours la même, chaque fois qu'elle la voyait dans une position intéressante :

— A qui est celui-là ?

— Est-ce que je sais, moi, répondait la grosse fille.

— Mais enfin, tu devrais savoir. Tu vois et tu dois connaître les hommes qui... enfin.

— La nuit, comment veux-tu que je me rende compte.

— Non tu es vraiment trop bête ; heureusement que tu es bonne et dévouée, autrement je te réexpédirais dans notre village.

On connut bientôt dans Paris la rupture du ministre déchu avec Colette. Naturellement on le plaisanta sur ses mésaventures politiques et amoureuses. Par qui allait se faire protéger la jeune femme ? Elle était bien trop ambitieuse pour ne pas choisir un personnage très riche ou très influent ; on citait des noms. Celui de Mornoie entre autres. Mais le malheureux était bien changé, bien cassé. Ce n'était plus l'orateur altier, le viveur brillant d'antan. Il avait perdu son influence sur certains groupes qui votaient sur un signe de lui, pour ou contre le ministère. Cependant dès que la débâcle fut devenue officielle, il se reprit à espérer. Sa taille se redressa, sa démarche devint plus vive, son regard plus clair, sa parole tranchante comme à ses beaux jours. Il alla voir Mme d'Olbreux qu'il trouva en train de terminer une petite toile :

— Tiens, c'est vous, dit-elle en lui tendant la main.

— Ne pouvant vivre sans vous voir, je viens.

— Vous faites bien puisque cela vous amuse. Que dites-vous de ce qui arrive ?

— C'était inévitable. Et de votre côté, c'est fini, dit-on avec votre amant ?

— Oui. Cela lui fait deux démissions forcées, coup sur coup.

— Comment a-t-il pris la chose ?

— Fort mal. Il n'a même pas eu la force de se fâcher, il a pleuré, supplié, c'est un homme à la mer.

— Je n'en donte pas et en suis fort heureux. Et vous, avez-vous un projet pour l'avenir ?

— Je n'ai pas eu encore le temps d'y songer. Je vais réfléchir.

— Puis-je espérer ?

— Attendez, il n'y a rien de pressé.

— J'attends depuis cinq ans.

— Et vous vous impatientez, dit-elle en riant. Allez-vous être quelqu'un dans le nouveau ministère?

— Non, il ne durera pas. Ce n'est pas de ce côté qu'il faudra chercher un appui. Mais si nous laissions de côté la politique pour parler d'autres choses. Vous ne lisez pas les journaux ?

— Si, quelques-uns, mais les articles mondains seulement.

— Dans ces lectures, rien ne vous a frappée ? Un nom ?

— Rien n'a attiré mon attention que les sottes plaisanteries au sujet de mes relations avec cette baronne que vous avez eu la férocité de jeter sur ma route; puis les sous-entendus plus ou moins spirituels sur l'amour de mon ex-amant, de ma fidélité ; des éloges de mon talent. Enfin tout ce qu'on peut imprimer d'agréable sur une jolie femme dont on espère quelque chose, mélangé de quelques railleries.

— Eh bien, il est un nom qui aurait pu vous frapper.

— Lequel ?

— Celui de votre mari divorcé ?

— Ah, on en a parlé.

— Il est probable que depuis longtemps le nom de Réval a dû être cité souvent, mais je l'avais oublié, ne pensant qu'à celui de son successeur. Voilà que depuis quelques jours on ne voit que lui, on lui consacre de longs et élogieux articles.

— Vous les avez sur vous ?

— Je me suis fait un devoir de vous les apporter, me doutant bien qu'ils vous avaient échappé.

Elle apprit alors seulement la démission de Réval, son association avec M. Mercan, ses travaux, ses succès, sa nomination dans la Légion d'honneur depuis quelques années, et celle toute récente d'officier.

— C'est vrai ce que vous lisez là ?

— Très vrai, vous pouvez vous en assurer.

— Mon mari n'était pas aussi mal que je le supposais.

— Vous avez été mauvaise psychologue dans ce cas qui vous intéressait.

— Et il est riche ?

— Je me suis informé. Ses plantations de café, de thé, de coton, l'élevage des vers à soie et beaucoup d'autres sources de profit lui rapportent, m'a-t-on affirmé, plus d'un demi-million par an et ce chiffre augmentera encore.

— Mais, son associé ?

— Rentré en France depuis six mois après avoir cédé sa part à Réval.

— Et mon mari ?

— On annonce son arrivée prochaine à Paris où il s'est fait acheter un hôtel, presqu'un palais, rue Copernic.

Colette était étonnée de ce brusque changement du caractère de Réval. Comment ce rond-de-cuir si pacifique, si peu ambitieux, s'était-il transformé en un industriel hardi, entreprenant et intelligent, à attirer sur lui l'attention des pouvoirs publics. Elle posait là-dessus des questions à de Mornoie qui, souriant, heureux de l'agacer, lui répondit :

— Vous comprenez que ce garçon, auquel vous reprochiez sa mollesse, a été instruit de votre conduite. L'énergie latente qui sommeillait en lui s'est réveillée brusquement sous le coup d'une colère bien justifiée. Il a trouvé une belle occasion de quitter sa place pour une autre plus rémunératrice, il en a profité. Il vous aimait toujours et souffrait. Un travail de tous les instants a été un calmant d'abord pour sa douleur et probablement ensuite le baume qui a guéri son mal. Il voyait les journaux parisiens où paraissait votre nom, il a voulu que la presse s'occupât de lui. Le Réval d'aujourd'hui est votre œuvre. Vous pouvez en être fière.

— Et vous êtes heureux ?

— Très heureux, j'en conviens ; je vous l'ai prédit il y a longtemps. Je vous avoue que je ne croyais pas à ma prédiction ; je vous exprimais mon désir le plus vif, qui devient une réalité. Le commencement me permet d'espérer un brillant résultat. C'est un garçon de valeur que votre ex-mari et je suis enchanté de la fortune qui lui arrive.

— Mais vous ne le connaissez pas ?

— Oh je ne suis pas enchanté pour le plaisir qu'il

éprouve d'avoir conquis une position brillante, le brave garçon m'est tout à fait indifférent. Mais je suis satisfait de son bonheur parce que cela vous met en colère aujourd'hui, vous fera souffrir demain et finira par vous désespérer, vous rendre malade de jalousie. Ce sera pour moi la revanche de votre mépris. Je souhaite surtout une chose, c'est que vous deveniez amoureuse de Réval, riche, brillant, considéré et qu'il vous dédaigne.

— Et que diriez-vous si je le reconquérais ?

— Cela me surprendrait, mais je me mettrai en travers.

— Comment cela?

— En rappelant de temps en temps dans les journaux votre existence passée et vos relations intimes.

— Ce serait une infamie !

— Quoi donc, de faire éloge. Et puis vous êtes libre de votre personne, grâce au divorce. Mais ne nous querellons pas d'avance, attendons les événements.

Quand fut parti de Mornoie, la jeune femme réfléchit longuement sur la conduite à tenir. Elle était délivrée de son amant qu'elle avait toujours exécré ; elle gagnerait sa vie avec son pinceau en attendant un amant nouveau que sa beauté lui permettrait de choisir. A trente ans, ayant une réputation comme artiste, elle n'aurait qu'à choisir parmi les soupirants. Et dans sa pensée elle voyait le défilé de jeunes et de vieux, de vigoureux et de cacochymes lui souriant, lui faisant des propositions et dans ces affaires de jouissances se détachait l'image de son ancien mari, légère, souriante, contemplant derrière son monocle cette procession bizarre. Elle ouvrit les journaux illustrés que lui avait apportés de Mornoie et vit le portrait de Réval, encadré dans un article biographique élogieux.

Il allait atteindre quarante ans et était dans le complet développement de sa force physique et morale. Sa figure était régulière, son front large, sa barbe longue et fournie. Elle le trouva bien :

— Si au lieu de divorcer j'avais été le rejoindre, se dit-elle, ma vie serait tout autre. Enfin il n'y a plus à revenir sur le passé. Il faut songer au présent et à l'avenir. Mais ce que lui avait dit de Mornoie, lui revenait à la pensée, malgré elle :

— Si pourtant il disait vrai, se dit-elle.

Pour chasser ces idées sombres qui l'envahissaient et la rendaient triste, elle commanda d'atteler et se fit conduire au bois où le beau temps avait attiré de nombreux promeneurs. La vue de cette animation d'équipages, d'automobiles, de cavaliers, de piétons, la calma, son cauchemar disparut.

— Je suis sotte de me frapper ainsi, songea-t-elle, mais Mornoie a une façon si brutale de vous dire les choses que sa voix entre au plus profond de votre être, vous fait mal.

Tout à coup elle pâlit, laissa échapper un cri sourd :

— Lui, murmura-t-elle.

C'était en effet son ex-mari qu'elle venait de reconnaître dans un cavalier qui avait croisé sa voiture. Il marchait au pas, elle put donc, cachée derrière son éventail, le dévisager à son aise. Il avait très bon air à cheval, sa haute taille, ses épaules larges laissaient deviner l'homme vigoureux, solide ; sa figure hâlée par une longue résidence dans des pays très chauds, commençait déjà à perdre sa teinte bistrée et on devinait que la peau fine allait retrouver bientôt sa pâleur sous le climat plus doux de Paris. Elle tourna la tête et le suivit des yeux jusqu'à ce qu'il disparut. Cette rencontre inespérée la frappa, elle aurait dû pourtant s'y attendre un jour ou l'autre.

Sa promenade fut triste et les amis, les connaissances qu'elle vit et qui lui parlèrent ne purent attirer sur ses lèvres un sourire :

— Je suis énervée, souffrante, disait-elle, j'aurais mieux fait de ne pas sortir.

Elle rentra de fort mauvaise humeur et alla passer sa soirée aux Français où là encore, elle rencontra Réval et dans le foyer ils se heurtèrent en cherchant à s'éviter, car lui aussi l'avait reconnue. Il la regarda sans émotion apparente, et lui laissa le passage en disant un « pardon Madame » d'un air de parfaite indifférence.

Ce sang-froid irrita Colette qui à chaque entr'acte retourna au foyer, mais elle n'y aperçut plus son mari qu'une fois et comme il vit qu'elle le regardait avec une certaine obstination, il ne quitta plus sa loge.

— Où est le temps où il m'aimait, se mettait à mes

pieds, était mon esclave, murmura-t-elle, la rage au cœur.

A la sortie elle vit un valet de pied ouvrir la portière d'un élégant coupé ou Réval s'installa et le brillant attelage disparut bientôt du côté de la rue de Rivoli. Elle dormit peu et mal, se leva de bonne heure et accompagnée d'Elise, se fit conduire au parc Monceau où elles se promenèrent jusqu'à dix heures. Dans l'après-midi elle eut la visite de de Mornoie à qui elle raconta sa journée de la veille.

— Je suis nerveuse et voudrais griffer quelqu'un, lui dit-elle.

— Moi, je parie.

— Oui, vous qui êtes content du mal qui m'arrive.

— J'avoue que si vous devenez amoureuse de Réval, ce sera pour moi un plaisir ineffable.

— Et s'il est repris, pour celle qui fut sa femme, d'une belle passion, que direz-vous ?

— J'en serai vraiment désolé ; mais n'y comptez pas.

— Qui sait? Votre haine à mon égard pourrait bien éprouver un échec.

— Haine est un peu exagéré. Dites mon dépit, ma rancune, si vous voulez.

— Je ne discuterai pas sur les mots, qui ne changent rien aux sentiments.

Et pendant plus d'une heure ils continuèrent à se quereller. Ces discussions aigres leur plaisaient et s'ils avaient été trois jours sans se voir, se parler, échanger des phrases blessantes, la vie leur eut été insupportable.

VII

Colette reçut de sa mère une lettre toute pleine de reproches et de conseils — Mme d'Olbreux ne lui écrivait que pour lui mettre sous les yeux la vie de femme entretenue qu'elle menait et tenter de la ramener, si c'était possible encore, à une conduite plus régulière. A ces semonces auxquelles la jeune femme était habituée, elle répondait que l'on exagérait tout, qu'elle n'était point une *fille* se livrant au premier venu, pourvu qu'il fut riche, mais une artiste vivant du produit de son travail. Elle avait un amant, c'est vrai, mais seule à Paris, jolie, séparée de son mari, il lui avait fallu un appui et au lieu de s'amouracher d'un bellâtre qui aurait vécu à ses dépens, elle avait pris un homme âgé, occupant une situation élevée, dont la protection lui avait été de l'utilité la plus grande. C'était son grand moyen de justification, auquel Mme d'Olbreux ne croyait pas.

Cette fois, la mère disait dans sa lettre que Réval avait fait construire une jolie habitation près de Naives, à l'endroit où la vallée débouche dans une autre plus large qui va se confondre du côté de Void avec la plaine de la Meuse. Colette connaissait cet endroit, souvent elle y était allée prendre quelques croquis, pour se distraire et songer avec plus de tranquillité à ses projets d'avenir. Sa mère lui disait que si elle avait voulu être raisonnable elle eut accompagné son mari et serait l'idole du pays par les services qu'elle pourrait rendre, au lieu d'être pour tous un être méprisé.

Cette nouvelle causa à Colette une impression pénible, son cœur se serra, puis elle se reprocha son émotion et se dit que si elle ne s'était pas séparée de Réval il n'eut jamais quitté la France et ne se serait pas enrichi. C'était à elle qu'il devait sa fortune ; il était son obligé.

Malgré tout, elle ne retrouvait pas son calme. Toujours fiévreuse, agitée, elle ne pouvait demeurer en place, il lui fallait du mouvement, elle négligeait sa peinture ; ce que lui reprochait de Mornoie :

— Vous croyez que je suis votre ennemi, lui dit-il, en la voyant dans cet état de surexcitation fébrile, vous vous trompez et je vais vous le prouver en vous recommandant de travailler avec assiduité. Vous ne pourrez plus figurer à aucune exposition, la petite cour de snobs dont vous êtes entourée lorsque vous paraissez dans un lieu public, vous délaissera petit à petit pour une autre idole, et vous vous trouverez isolée au milieu du mouvement. Vos phrases les plus simples ne feront plus se pâmer d'admiration un groupe de gilets en cœur ; votre beau regard, si doux ou si dédaigneux ne tombera plus que sur des indifférents et ces effets de jupes que vous savez si bien ramasser et que d'un geste gracieux vous ramenez sans effort apparent ne seront plus remarqués. On ne se pressera plus devant le moindre de vos tableaux pour en admirer les plus minces détails. Effets de lumière ou d'ombre, verdure délicieuse, eau d'une limpidité étonnante. Et cette fleurette dans l'herbe, ce nœud sur le tronc de cet arbre, ce buisson à travers lequel pénètrent comme des flèches d'or les rayons du soleil; cet oiseau si gentiment perché sur une branche de lilas qui s'arrondit sous son poids. On croirait qu'il va chanter. Il faut que vous entendiez à vos oreilles charmées tous ces bavardages stupides qui font votre bonheur depuis des années, tout cela fait partie de votre existence et le jour où le silence se fera autour de vous, vous croirez que d'un coup de sa baguette magique, un enchanteur a paralysé toutes les langues et remplacé le bruit par le silence de la tombe. Ne mourez pas vivante, Colette, car ce serait la décrépitude à brève échéance. L'ennui vous donnerait des rides avant l'âge, ferait disparaître l'éclat de vos yeux, rougirait votre nez si provoquant et blanchirait vos cheveux. Evitez ce désastre plus terrible que la mort réelle. Vous voyez que je ne suis pas votre ennemi en vous parlant ainsi.

— Vous êtes donc bien changé, car votre désir le plus cher a été jusqu'à ce jour de me voir souffrir.

— Je serai franc. Au fond mes sentiments ne se sont pas modifiés, je vous hais et vous haïrai jusqu'à l'heure où vous serez devenue ma maîtresse.

— Cela jamais !

— Je le sais. Vous aimez votre Réval, il vous le faut, en dehors de lui, aucun homme ne compte, mais j'espère bien qu'il ne succombera pas.

— Qu'en savez-vous ?

— Je n'affirme rien tout est possible, mais je crois que vous entreprenez une lutte où vous succomberez.

— Si je vous écoutais, si je devenais votre maîtresse, je serais repoussée, car si Réval peut pardonner ou excuser une première chute, il serait certainement impitoyable pour une deuxième, surtout si le successeur du ministre avait, comme lui, dépassé l'âge où un homme peut encore séduire une femme.

— Dire que je ne peux pas vivre séparé de vous qui ne parlez que pour m'humilier.

— C'est que aussi, vous manquez de gaieté.

— Que voulez-vous, c'est que je ne vois pas votre avenir en rose si vous continuez encore quelque temps ce genre d'existence.

— Vous avez raison et vous êtes content d'avoir raison.

— J'en conviens, quoique au fond je vous aime tout de même.

— D'amour ?

— Non. Comme je vous déteste moins, c'est que ma passion s'éteint. Une certaine estime, peut-être une amitié réelle remplace lentement cet amour qui m'a fait tant souffrir, m'a arraché tant de cris de colère et de rage. Ah, vous pouvez vous vanter d'avoir été durant des années mon bourreau, je ne sais pas comment je ne suis pas mort ou comment ma raison a résisté à une pareille crise. Heureusement tout cela *n'est plus qu*'un souvenir très douloureux encore, mais qui ne me torture plus autant.

— Bien sûr ?

— Je vous l'affirme.

— Il n'y a pas bien longtemps encore, lorsque je me suis séparée de votre rival heureux, vous me disiez...

— Aujourd'hui je ne vous dirais plus les mêmes choses, car du côté de mon rival, comme vous dites, ma vengeance est complète, autant que je l'aie jamais souhaité.

— Parce que je l'ai chassé ?

— Oui, çà été ma première satisfaction. Ensuite quand je l'ai vu maigrir, se voûter, flageoller sur ses longues jambes, ne plus reconnaître ses amis. Il se rappelait les jours et les nuits de plaisir que vous aviez passés ensemble, son cerveau obsédé menaçait de se détraquer, c'est arrivé.

— Il est fou ?

— Non, gâteux comme je l'ai été un peu et failli le devenir tout à fait, sa seule distraction est d'assister aux séances de la Chambre où il ne dit rien et à celles du Sénat dans la tribune des députés. Hier il écoutait les pères conscrits qui n'étaient pas fort animés, ce qui est assez dans leurs habitudes. A un certain moment, un grand silence se fit dans la vaste salle, lorsque tout à coup une voix grêle fit entendre un sifflement : « Je demande la parole » criait la voix. Les sénateurs levèrent la tête, le public regarda du côté d'où était parti ce cri. On vit alors debout, sur le devant d'une tribune, votre ancien amant continuant à demander la parole.

Le pauvre insensé fut emmené et on leva la séance, car tout le monde riait de cette interruption tout à fait inattendue. Chacun s'amusa un peu à vos dépens, car personne n'ignore la cause qui a fait de cet homme politique un ramolli complet, incapable de songer à autre chose qu'à ses amours passées.

— Le cher homme, je ne lui ai pas porté bonheur, mais enfin il a eu tout de même quelques années de plaisir puisqu'il les regrette au point d'en perdre presque la raison.

L'incident du Sénat dérida la jeune femme, elle riait à se tordre en songeant à cet acte baroque de son ancien protecteur et à de Mornoie qui lui disait que ces accès de gaieté étaient au moins déplacés elle répondit :

— Croyez-vous que j'étais heureuse quand ce personnage me prenait dans ses bras, m'embrassait, satisfaisait sa chair et ses yeux par la possession, la vue de tout mon être ? Combien de fois n'ai-je pas été sur le point de me révolter, de le pousser hors de ma couche.

— Il fallait le faire.

— Et après ? C'était ma position brisée, mon avenir perdu. Je retombais dans la foule anonyme, adieu l'hôtel, l'atelier, les courtisans, les articles élogieux.

— Ah ! voilà. Vous vouliez que Paris s'occupât de vous. Cela se paye quand on est belle. Il faut savoir se sacrifier pour la plus grande satisfaction de sa vanité.

— Mais est-il fou complètement, votre rival heureux, comme vous l'appelez ?

— Pas du tout, il a toute sa raison. Seulement quand votre souvenir l'oppresse, il oublie momentanément tout, jusqu'à l'instant où son cauchemar disparaît, il reprend alors son équilibre et devient à peu près raisonnable.

— Et s'il apprenait que j'ai un autre amant ?

— Le coup lui serait sensible et capable peut-être de le rendre fou complètement surtout.... il s'arrêta.

— Achevez votre pensée.

— C'est inutile.

— Si j'ai bien compris, surtout si je vous choisissais comme son successeur.

— C'est bien cela.

— Il y a quelque temps j'aurais tenté l'aventure, aujourd'hui il est trop tard.

— Quoi ! vous auriez eu le courage de me prendre comme amant.

— Oui.

— Moi que vous trouviez laid, vieux, vous me l'avez dit souvent.

— Je n'ai pas changé d'opinion.

— Faut-il que vous haïssiez ce malheureux ?

— Cela ne vous regardait pas pourvu que vous fussiez devenu l'heureux possesseur de charmes qui troublaient votre raison.

Elle se faisait provoquante, découvrant ses épaules, sa poitrine, ses bras. Un éclair de luxure jaillit des yeux de de Mornoie, il fit un geste comme pour s'élancer sur cette proie qui s'offrait à lui ; mais son regard s'éteignit, son corps reprit son immobilité.

— Non, dit-il, il est trop tard.

— Oui ! fit-elle dédaigneusement.

— J'eusse peut-être refusé de me rendre solidaire d'un crime.

— Quel accès de vertu vous aurait pris.

— Quand il aurait connu la nouvelle je vous ai dit ce qui très probablement serait arrivé. C'est cela que vous vouliez !

— Je l'avoue et autre chose encore.

— Quoi donc ?

— Vous m'avez tout à l'heure parlé de celui qui fut mon mari, c'est aussi entre lui et moi que j'eusse mis une barrière infranchissable en prenant publiquement un amant nouveau, car aujourd'hui je me sens entraînée vers lui, j'ai peur de l'aimer, comme vous aviez l'air de me le prédire, et d'en être dédaignée, comprenez-vous ?

— Je comprends que la peur dont vous parlez n'est qu'une certitude, que vous êtes hantée par le souvenir de ce pauvre Réval ; que cette hantise vous donne la fièvre et devient une passion plus violente que l'amour avec lequel elle n'a de rapport que la jalousie, mais n'a pas cette tendresse, ce dévouement de l'amour vrai. Puisque nous sommes en train de nous expliquer, je suis content de n'avoir pas été le tampon qui aurait reçu des caresses à l'adresse d'un absent auquel vous eussiez pensé dans vos élans les plus passionnés. Et maintenant lorsque vous seriez dans vos moments d'irritation je n'entendrais que des plaintes, des menaces ou des insultes. Ce rôle n'a rien de séduisant malgré la beauté admirable qui eût été ma récompense. Allez, accomplissez votre destinée et je vous donne un dernier conseil, que naturellement vous ne suivrez pas parce qu'il est bon : dans tout ce que vous ferez, ne songez qu'à vous, oubliez mon ancien et heureux rival, le faire souffrir ne vous apporterait aucun soulagement, ne songez pas à votre mari dont vous n'auriez à recevoir que des rebuffades. Vous êtes belle, célèbre, recherchée, prenez un amant riche, que l'amour ne guide pas vos préférences, vous pourriez commettre une grosse et peut-être irréparable sottise, et continuez l'existence que vous même vous êtes faite.

— C'est un sermon que j'entends.

— Sermon ou conseils, je sais que vous ne le suivrez pas, c'est pour cela que je vous le donne.

— Merci bien de ces avis désintéressés, vous me permettrez n'est-ce pas de n'en prendre que ce qui me plaira.

— C'est-à-dire que vous n'en prendrez rien, que vous agirez au gré de vos caprices, sans idées fixes, sans ligne de conduite. En me parlant tout à l'heure du service que je vous aurais rendu en acceptant vos faveurs, soyez sûre que j'aurais dû faire un effort de volonté très grand, mon mérite n'eût pas été mince en vous résistant.

— Un martyr, un saint.

— Un martyr oui, un saint, non. Il ne faut rien exagérer.

La conversation continua sur le même sujet et quand ils se séparèrent de Mornoie répéta :

— Méfiez-vous de votre mari, si dans quinze jours vous n'avez pas un amant, il sera trop tard.

Elle lui prit la main, se plaça debout devant lui, appuya sa poitrine demi-nue sur la sienne et jetant la tête un peu en arrière, elle le regarda, lui sourit montrant ses dents blanches, ses lèvres rouges, sa petite langue pointue qui sortait de sa bouche, entoura son cou de ses bras taillés dans l'albâtre et approchant sa figure elle dit à demi-voix :

— Je veux vous faire souffrir.

Il eut une seconde d'hésitation, en la serrant sur sa poitrine, mais elle se débarrassa doucement de ses étreintes et alla tomber sur son canapé où il la laissa et se sauva pour éviter une nouvelle tentation de la tuer à laquelle il n'eut pas résisté. Quand elle ne le sentit plus la serrer sur lui, qu'elle le vit s'éloigner, disparaître derrière une tenture, que la porte se referma sur lui, elle se redressa furieuse d'avoir eu peur et lui cria :

— J'aurai mon mari.

Dès qu'il fut dans la rue, il retrouva un peu de calme et réfléchissant à la scène, il se dit que Colette le poursuivrait désormais comme un ennemi à qui

elle ferait le plus de mal possible et contre laquelle il devrait prendre des précautions :

— Une femme comme celle-là est à craindre, se dit-il et je pourrais bien payer cher mes réflexions.

Le surlendemain il retourna boulevard Berthier pour la voir, mais on lui répondit qu'elle était sortie et ne rentrerait que très tard dans la soirée. Il revint plusieurs jours de suite et reçut la même réponse :

— Qu'elle aille au diable, dit-il, je ne reviendrai plus, puisqu'elle refuse de me recevoir. Elle prépare sans doute sa vengeance.

VIII

Colette avait en effet cherché un moyen de se venger de de Mornoie; mais avec le temps sa colère s'était calmée, la raison lui était revenue. Elle avait interdit sa porte à tout le monde, voulant se reposer, reprendre des forces après sa conversation avec son premier adorateur sérieux. Elle finit par s'avouer que les conseils qu'il lui avait donnés étaient bons à suivre, mais qu'elle voulait Réval.

On la vit au théâtre, au bois, dans les restaurants à la mode toujours accompagnée de sa fidèle Elise qui rétablie d'une dernière couche, la suivait comme son ombre. Elise était belle, sans s'en douter, rieuse, inconsciente, ne sachant pas résister à un homme parce qu'elle riait toujours, étant parfaitement incapable de se mettre en colère. Sa taille un peu forte, ses grands yeux noirs d'une infinie douceur, ses épaules splendides attiraient l'attention des amateurs, ses grossesses successives ne l'avaient pas déformée. Colette la surveillait avec soin depuis sa rupture et ne la laissait plus un instant seule. Elle se faisait sans jalousie accompagner par elle et quand toutes deux paraissaient au bois en voiture découverte elles attiraient les regards par leur élégance et leur beauté. Elise, brune, forte, Colette blonde comme les blés mûrissants, élancée, sa physionomie fine formait un contraste absolu avec celle plus sévère de sa compagne qui regardait le public d'un air d'indifférence absolue.

Dans ses nombreuses sorties l'ex-madame Réval rencontrait souvent celui dont elle s'était si brutalement séparée ; tous deux se regardaient, lui avec la tranquille curiosité d'un homme contemplant une jolie femme, pauvre ou riche, mère de famille honnête ou demi-mondaine connue. Seule la beauté l'attire, d'un seul coup d'œil il juge sous une toilette simple ou tapageuse de l'harmonie plastique de celle qui la porte ; puis son inspection faite, il passe à un beau cheval ou à un équipage dont l'élégance l'a frappé. Colette au contraire était comme hypnotisée par Réval, le dévorant des yeux et cherchant à fixer son attention. Cet oublié, depuis sa réapparition, occupait sa pensée. D'abord par amour-propre elle avait eu l'intention de le séduire, de le ramener, de devenir sa maîtresse, devant son indifférence vraie ou affectée, elle s'était piquée au jeu et rapidement ce qui n'était qu'une fantaisie de jolie femme s'était transformé en une passion sérieuse. Elle s'aperçut de ce changement la première fois qu'elle le vit à l'Opéra dans une loge, en compagnie d'une actrice très connue ; elle sentit son cœur battre avec violence, ses yeux se mouiller de larmes et la colère lui monter au cerveau.

Il lui sembla que tous deux la regardaient, souriaient en se parlant tout bas et s'imagina qu'ils se moquaient d'elle. Sa souffrance fut terrible, elle voulut partir et n'en eut pas le courage.

Elle resta jusqu'à la fin, ne répondant pas aux questions d'Elise, inquiète de son état d'agitation et, comme pour changer le cours des idées qui l'obsédaient, lui parlait du couple amoureux et disait :

— Vois donc ton mari, il est en bonne fortune.

— Laisse-moi, je t'en prie, ne me tourmente pas.

— C'est toi qui te tourmentes, je m'en aperçois bien. Je voudrais te distraire.

— Tu emploies un singulier moyen.

— Comment, tu ne trouves pas cela drôle ? Il ne manque que ton ancien amant, le spectacle serait complet. En présence de deux hommes dont tu t'es débarrassée si prestement, cela ne se voit pas tous les jours.

Non seulement Colette devait entendre les réflexions d'Elise mais aussi celles d'amis qui dans les entr-actes, venaient la voir et parler des banalités du jour qui se transformaient dans leurs cerveaux étroits, en autant d'événements de grande importance.

Quand se termina le spectacle, Colette avait la fièvre. Elle sortit suivie de son amie et toutes deux, mêlées au public, se dirigèrent vers le péristyle brillamment illuminé. Tenant sa compagne par le bras, elle l'empêchait d'avancer et lorsqu'Elise lui demanda la raison de cette lenteur elle lui répondit :

— Je t'expliquerai cela plus tard, mais obéis moi d'abord.

Et la douce Elise obéissait. Ce que Colette tenait à voir c'était son mari qu'elle aperçut montant en voiture avec la jeune femme. Elle eut bien l'intention de dire à son cocher de les suivre, mais l'équipage avait disparu. Au lieu de retourner à son hôtel elle donna l'ordre d'aller à un restaurant de la rue Royale où peut-être elle rencontrait le couple amoureux. Elle ne se trompa pas, Réval et sa compagne entraient quand son cocher arrêta. Vivement, elle s'élança sur le trottoir dès que le valet de pied eut ouvert la portière et entraîna Elise dans l'intérieur de l'établissement.

— Alors nous allons souper ? lui dit la grande fille.

— Si tu veux. Demande ce qui te plaira.

— Et toi ?

— Ne t'occupe pas de moi. Je boirai un verre de champagne seulement, je meurs de soif.

— Et chez moi la soif s'ajoute à la faim, j'ai l'estomac vide. Du reste c'est toujours ainsi quand je vais au théâtre.

Elise commanda au maître d'hôtel empressé et aussitôt servie mangea comme si toute la journée elle avait travaillé à retourner la terre. De temps en temps elle s'interrompait pour regarder Colette, immobile, rêveuse les yeux à demi fermés.

— A quoi penses-tu? lui demandait-elle.

— Cela ne peut t'intéresser.

— Mais si; j'essayerai de dissiper tes idées tristes.

— Mange et bois.

— C'est ce que je fais. Serais-tu amoureuse, par hasard!

Colette rougit.

— Pourquoi cette question? répondit-elle.

— Alors je te plaindrais, car si tu avais le cœur pris, ce serait terrible.

— Tu ne peux juger de la souffrance causée par l'amour.

— L'amour comme tu l'entends, non, mais comme je le comprends, c'est autre chose. Aimerais-tu par hasard ton mari?

— Quelle idée?

— C'est que je remarque que tu me parles souvent de lui, de ce qu'il fait, de ce qu'il peut faire avec les femmes que, peut-être, il fréquente.

— Ah, tu as remarqué tout cela?

— Oui, ce soir encore, à l'Opéra, comme tu le dévorais des yeux. J'ai cru que tu allais lui faire une scène, c'est pour cela que je t'ai parlé à plusieurs reprises dans le but de te calmer. Tu nous as fait conduire ici, je suis sûre que tu supposais l'y rencontrer, peut-être es-tu certaine qu'il y est.

— Je ne te croyais point douée d'autant de perspicacité.

— Que veux-tu, tu me surveilles, aucun homme ne peut m'adresser la parole qu'en ta présence, alors je suis bien forcée d'observer, étant dans l'impossibilité d'agir.

Quand elle fut solidement restaurée Elise demanda si on allait bientôt rentrer.

— Si tu veux demeurer ici, dit-elle, je vais retourner seule à l'hôtel et je te renverrai la voiture.

— Non, je t'accompagne, partons.

Elles se retirèrent et aussitôt arrivées, Elise parla de se coucher :

— Moi que ne tourmentent par les peines de cœur, dit-elle, j'ai besoin de repos.

Elle se retira laissant Colette avec sa femme de chambre.

La jeune femme dormit mal; endormie ou éveillée elle était poursuivie par l'image de son mari, elle le voyait près d'une autre, lui faisant des protestations d'amour et elle se tordait les bras, criait. Une lettre de sa mère lui arriva le matin. On lui annonçait que Réval était attendu dans quelques jours.

— J'irai le retrouver, se dit Colette, et là-bas je pourrai le voir, lui parler, le supplier.

Elle fit ses préparatifs de voyage, comme elle connaissait l'adresse de Réval elle n'eut pas de peine à connaître le jour de son départ, le lendemain elle se mettait en route. Son arrivée suivant presque immédiatement celle de son mari, causa une certaine surprise :

— Bien sûr ça va mal aller, se disaient entre eux les campagnards.

Colette avait acheté une maison voisine de celle de sa mère, elle l'avait fait meubler coquettement. Un jardin séparait la façade principale de la rue et un autre jardin plus grand, tout planté d'arbres, entouré d'une haie épaisse d'aubépines s'étendait derrière l'immeuble. Une petite porte ouvrait sur un sentier filant à travers les cultures jusqu'à un chemin vicinal. Sans traverser le village on pouvait rentrer chez soi sans être remarqué. Elise retrouva sa progéniture grandie et engraissée, car elle était bonne mère et avait expédié de Paris de l'argent, des vêtements et des douceurs que l'on savourait en famille.

Ces envois avaient beaucoup contribué à adoucir la colère de ses parents qui la reçurent avec beaucoup de démonstrations affectueuses. La brave fille était heureuse au milieu de sa couvée et ceux qui croyaient avoir des titres à une part de paternité se rapprochaient d'elle, tâchant de savoir si elle avait rapporté un capital qui les eut décidé à reconnaître comme leur œuvre tous les enfants en bloc.

Mais Colette se méfiait de ces soupirants intéressés et quand ce n'était pas elle qui surveillait la trop sensible Elise, c'était sa femme de chambre qui ne la quittait pas et éloignait les amoureux trop entreprenants. Après quelques jours, son installation fut complète, la surveillance d'Elise fut organisée, au grand désespoir de celle-ci.

Colette qui voulait être entièrement libre pour s'occuper de son mari, apprit qu'il était parti pour Nancy où il devait passer quelques jours. Elle alla prendre le chemin de fer à Void et à son tour se rendit dans la vieille cité lorraine, espérant y rencontrer Réval. Elle le découvrit, en effet, attablé à un café de la place Stanislas, en compagnie de la femme qu'elle avait vue à l'Opéra avec lui. Ils étaient seuls, les quelques rares clients, assis à des tables éloignées plongés dans la lecture des journaux ne s'occupaient pas du couple étranger. Evidemment Réval et sa compagne s'étaient donné rendez-vous à Nancy, lui ne voulant point sans doute fournir un prétexte aux bavardages des campagnards en la faisant venir à Naives.

Colette fut aperçue par celui qu'elle poursuivait qui dit quelques mots à la femme, solda la dépense et tous deux quittèrent lentement la place ayant l'air de s'entretenir de choses indifférentes :

— Je les fais partir parce qu'ils redoutent une scène de jalousie, se dit Colette en les regardant, mais ils ne se pressent point, se moquent de moi, peut être. Je les retrouverai.

Elle les revit, en effet, plusieurs fois, seulement, elle se tenait à distance, mêlée aux groupes sortis pour leurs affaires ou leurs plaisirs. Un matin ils quittèrent l'hôtel vers neuf heures. Colette les suivit de loin. Ils se rendirent à la gare, Réval s'arrêta au guichet des billets.

— Où vont-ils ? se demanda la jeune femme.

Elle s'informa. Le train en partance se dirigeait vers Epinal.

— Bon, je les retrouverai dans une station de bains quelconque, où peut-être ils vont passer leur lune de miel se dit-elle.

La machine siffla, les portières des wagons se fermèrent :

— Ils sont heureux, s'embrassent, rient enfermés dans un wagon bien capitonné, arrangé pour eux...

L'artiste en était là de ses réflexions quand elle vit reparaître celle dont le bonheur excitait sa colère. Réval était parti seul ; son amie l'avait seulement accompagné à la gare, une domestique en tablier blanc l'attendait dans la salle des pas-perdus. Poussée par la jalousie. Colette suivit les deux femmes qui retournèrent directement à l'hôtel de la rue Saint-Dizier. Plusieurs fois celle qui était la cause de cette surveillance s'était retournée, son regard s'était croisé avec celui de l'artiste, elle n'avait manifesté aucune émotion :

— Il ne lui a pas parlé de moi, se dit Colette, et lors de notre rencontre à la place Stanislas il ne m'a point fait connaître. Elle ignore qui je suis et ne se doute pas que je la surveille. Tant mieux.

L'ex-madame Réval après s'être assurée encore que sa rivale ne la connaissait pas, en se mettant exprès sur son chemin lorsqu'elle sortait, loua un petit logement au même hôtel ; elles eurent l'occasion, que provoqua de suite Colette, de se rencontrer, de se saluer, d'échanger quelques phrases banales, d'aller ensuite faire ensemble des courses. L'artiste dit qu'elle habitait Paris, veuve sans enfant, et possédant une fortune indépendante. Ses confidences provoquèrent celles de sa nouvelle amie qui raconta qu'elle était orpheline, avait connu Réval à Saïgon, se nommait Émilie, qu'ils s'aimaient et allaient s'épouser. Elle avoua être la maîtresse de son futur mari, mais il lui avait promis le mariage, il tiendrait sa promesse. Il était allé à Lyon terminer une affaire importante, il serait de retour dans une quinzaine, ils retourneraient à Paris pour se marier et reviendraient au petit château de Vacon jouir en paix de leur bonheur. La joie que montrait la jeune fille racontant sa vie, torturait Colette qui avait des envies terribles de la tuer, l'accusant de lui avoir volé son bonheur.

Alors dans son cerveau poussèrent des plans de

vengeance d'une férocité inouïe. La nuit, elle en rêvait, le jour elle en avait l'esprit préoccupé. Elle devait se hâter si elle voulait mettre un de ces projets à exécution, car Réval tarderait peu d'arriver.

Sa beauté, la distinction de sa personne avaient attiré l'attention de quelques désœuvrés qui fréquentent les stations balnéaires cherchant, par ces promenades, les uns à trouver le temps moins long, les autres espérant trouver quelqu'un à exploiter, hommes ou femmes.

Un de ces derniers, rastaquouère couvert de bijoux, aux yeux et aux cheveux noirs, de superbes moustaches brillantes comme du jais coupant en deux la figure, la poursuivait de ses œillades, faisant devant elle, des effets de torse. Voyant que sa mimique n'avait pas l'air de froisser celle dont il cherchait à faire la conquête, il finit par lui causer et lui faire une déclaration dans les règles. Les choses marchèrent rapidement, Colette écouta tout, souriante, laissa tout espérer mais ne se donna point. Elle avait trouvé celui qui se ferait sans s'en douter l'instrument de la vengeance qu'elle méditait.

Le señor Hernandez qui n'était, en effet, qu'un chevalier d'industrie, se montrait fort pressé, ayant de sérieux besoins d'argent et tous les jours demandait quand il aurait l'autorisation de voir, dans son logis, celle qu'il adorait.

— Bientôt, lui répondit-elle un soir, mais il y aura une condition.

— Laquelle? Dites, c'est fait.

— Patientez un peu.

La compagne de Réval ne se doutait pas de cette intrigue de son amie qui voyait son soupirant hors de Nancy ou à l'intérieur de quelques établissements publics. Hernandez connaissait la jeune femme pour l'avoir rencontrée plusieurs fois en compagnie de Colette et la trouvait fort jolie, mais beaucoup moins que son idole.

Emilie recevait chaque jour une lettre de son amant qui lui annonça après trois semaines de séparation, son retour à Nancy par un train arrivant au milieu de la nuit. Heureuse de cette nouvelle, la jeune femme en fit part à son amie qui lui dit assez sèchement :

— Ah ! c'est pour cette nuit.

— Je suis heureuse. Dans trois jours nous serons à Paris où aura lieu notre mariage, ensuite chez lui à la campagne, dans le nid qu'il a préparé pour nous. Il est charmant, m'a-t-il affirmé ; je le crois.

— Vous l'aimez bien votre futur mari ?

— Il est si bon, comment ne pas l'aimer.

— Il ne vous a jamais parlé de sa vie privée?

— Pourquoi cette question ?

— Quand on quitte son pays pour aller au loin, on a quelquefois des raisons...

— Oh ! je les connais. Il avait épousé une jeune fille qu'il adorait. Elle le poussa à partir et dès qu'il fut éloigné demanda le divorce qu'elle obtint, grâce à ses intrigues.

— Ah ; il s'est consolé avec vous.

— Je l'ai aimé et cherché à lui faire oublier celle qui l'a si indignement trahi.

— Et il l'a oubliée ?

— Oui : car plusieurs fois elle s'est trouvée sur son chemin et sa vue ne lui a produit aucune émotion. Pour lui, elle n'existe plus.

— Vous êtes bien affirmative.

— J'ai confiance en Réval, il ne ment pas.

Les deux femmes se séparèrent, l'une, le cœur joyeux, légère comme un oiseau rentra chez elle pour mettre chaque chose bien à sa place, fit remplacer les rideaux du lit et des fenêtres et ce petit logement d'hôtel où se succédaient les habitants, fut comme transformé. Sur les meubles luisants, des vases vulgaires pleins de fleurs naturelles emplirent de leurs parfums variés les deux pièces, la pendule empire marqua l'heure à peu près exacte, les flambeaux de cuivre brillèrent d'un éclat inaccoutumé ; les quelques tableaux accrochés aux murs représentant des paysages ultra fantaisistes avaient un aspect qui n'était plus celui de la croûte prétentieuse, œuvre de rapin fantaisiste ou besogneux. Colette, furieuse, s'enferma dans sa chambre pour préparer les moyens de détruire ces projets d'avenir, même par un crime.

IX

La nouvelle du prochain retour de Réval lui suggéra une idée qui remplaça dans son esprit toutes les combinaisons abominables auxquelles elle s'était arrêtée avec une joie féroce. Elle avait eu d'abord l'intention de faire séduire Emilie par l'Américain; vite elle comprit que la jeune femme ne voudrait avoir aucune relation même de simple politesse avec le brillant Hernandez. Elle songea à conduire celle qu'elle considérait comme sa rivale dans un grand restaurant, de s'installer dans un cabinet où elle arriverait peut être sinon à la griser complètement, au moins à lui troubler légèrement la tête. En ajoutant à la boisson un soporifique anodin; elle l'eut livrée, ainsi réduite à l'impuissance de crier et de se défendre, à l'exotique aventurier.

En s'éveillant de son engourdissement la malheureuse se serait trouvée seule, en compagnie, d'un homme à qui elle n'avait jamais parlé, qu'elle avait à peine remarqué à cause de sa mise et de sa figure de créole, livrée à ses caresses brutales, dans un endroit fréquenté par des viveurs en gaîté. Un scandale eut éclaté, car Emilie aurait crié, puis une crise de nerfs, le personnel de l'établissement accouru aux appels de la victime aurait ri de l'aventure qui lui eut paru ridicule, et les journaux s'en seraient amusé. Réval arrivant, n'eut pas cru un mot du récit d'Emilie, c'était la séparation brutale, entre les deux amants, dont l'un pouvait se croire indignement trompé, l'autre impuissante à prouver qu'elle avait été la victime d'une machination odieuse.

Colette exultait en songeant aux larmes, aux protestations, aux reproches qui précéderaient la séparation définitive.

Ce plan s'écroulait, mais elle était femme de ressources, elle trouva un autre moyen d'atteindre son but. Elle sortit pour aller voir Hernandez et lui donna rendez-vous avant la chute complète du jour, chez elle.

— Soyez exact, lui dit-elle en le quittant.

— Pouvez-vous me faire pareille recommandation, répondit-il en roulant de gros yeux. Je vous aime.

De sa petite main blanche, elle lui envoya un baiser qui acheva de détraquer sa cervelle. Il serait dans quelques heures, l'amant d'une femme belle, connue de tout Paris pour ses talents d'artiste, et son esprit. Il la promènerait triomphalement sur le boulevard et beaucoup envieraient son bonheur. Les journaux s'occuperaient de sa personne, son nom serait imprimé tout vif parce qu'il avait été le vainqueur heureux de la célèbre Colette d'Olbreux. Ce succès du reste lui semblait tout naturel, car il se croyait très sérieusement bien supérieur comme plastique et esprit aux autres hommes.

Pendant qu'il songeait à sa victoire future ; son idole aussi fiévreuse, mais pour un motif tout autre, aussitôt rentrée avait été voir Emilie pour lui proposer de faire monter chez elle leur dîner.

— Vous serez plus tranquille et personne ne vous verra, lui dit-elle. Nous pourrons causer librement, tandis qu'à table d'hôte, l'éclat de vos yeux, la vivacité de vos paroles et de vos gestes attireraient peut être l'attention des badauds.

— Vous avez raison, mon amie, ici entre nous, je dirai ce qu'il me plaira et vous trouverez cela tout naturel.

Une domestique reçut l'ordre de servir le repas à sept heures. Les deux femmes causèrent de l'avenir qu'Emilie voyait tout ensoleillé ; encore quelques semaines et elle serait mariée à celui qu'elle aimait, elle marcherait à son côté fièrement appuyée à son bras :

— Et toutes celles qui vous verront seront jalouses de votre bonheur, lui dit Colette.

— Je ne souhaite pas que l'on m'envie, l'envie est un vilain défaut, mais qu'on désire être aussi aimée, aussi heureuse que moi.

Emilie mangea à peine, elle songeait à l'absent dont le retour était si proche, cette pensée lui ôtait l'appétit, et aux sollicitations de Colette, elle répondait :

— Demain, je l'aurai en face de moi, il me racontera son voyage, nous parlerons de nos projets d'avenir.

Et elle fermait les yeux, souriait comme si elle

voyait Réval lui sourire et entendait le bruit de paroles s'échappant de ses lèvres. Sa compagne la fit boire à plusieurs reprises quelques gorgées de vin abondamment mélangé d'eau et trouva le moyen de laisser tomber dans son verre un liquide sans odeur qui devait l'endormir non d'un sommeil lourd qui l'eut rendue incapable de sentir ou d'entendre, mais d'un demi-sommeil laissant certaine liberté aux membres et ne paralysant pas tout à fait le cerveau. Quand elle commença de s'assoupir, Colette la fit coucher, lui parla et après vingt minutes ne reçut plus que des réponses vagues où elle cherchait à s'excuser de son sans-gêne.

— Dormez bien, lui dit l'artiste en l'embrassant.

Accompagnée de la bonne elle se retira en recommandant qu'au premier appel, on accourut chez Emilie qui se sentait la tête un peu lourde.

— Oh, Madame, dit la domestique, il n'y a rien à craindre, ce n'est pas une malade qui vient de se coucher, mais une personne pleine de santé.

— C'est vrai ma fille, elle a la santé du corps et celle de l'âme. Elle s'endort la joie au cœur.

Il y avait une demi-heure à peine que l'artiste était rentrée quand Hernandez arriva. Il la trouva dans un déshabillé provoquant, allongée sur un canapé, sans quitter sa position elle lui dit de retirer la clef de la porte ; lorsque cet ordre fut exécuté, lui montrant une chaise, elle le pria de s'asseoir.

— Mais c'est à vos genoux, que je veux me mettre, s'écria-t-il, c'est là ma place.

— Attendez, ne vous pressez pas, j'ai d'abord à vous parler sérieusement.

Il la regarda et fut frappé du changement de sa physionomie. Une lampe posée sur un meuble éclairait la pièce, laissant dans l'ombre les coins. Du globe en verre dépoli partaient des rayons d'une lumière blanche, qui, frappant directement sur les meubles, en faisait ressortir le brillant des ferrures bien entretenues et exagérait encore l'éclat des couleurs criardes des étoffes. Au plafond le verre de la lampe formait un rond mobile pareil à un astéroïde affolé cherchant à reprendre sa place dans une constellation. Hernandez, grisé par les odeurs pénétrantes qui se dégageaient des vêtements de la jeune femme jetés un peu au hasard sur les fauteuils, énervé par la chaleur qui emplissait la chambre s'assit machinalement, comme fasciné par le regard de Colette, son sourire mauvais, la pâleur de ses joues.

— Que me voulez-vous ? lui demanda-t-il.

Elle fit un mouvement et le peignoir de cachemire bleu qui l'enveloppait se resserra sur les hanches dont il fit ressortir aussi bien qu'un maillot les harmonieuses proportions.

— Voici, répondit-elle, mon amie, que vous avez vue, que vous avez bien voulu trouver belle est ici, à côté, endormie.

— Quel rapport ce détail peut-il avoir avec ma présence chez-vous ?

— Vous m'aimez, vous me désirez ; pour devenir mon amant, même une heure, vous seriez capable de tous les sacrifices.

— Je vous le jure !

— Approchez-vous.

Il avança tout près d'elle et put à son aise l'admirer.

— Avant de voir réalisé votre désir, satisfaite votre passion, vous vous rendrez chez mon amie que vous trouverez couchée. Vous vous mettrez à côté d'elle.

— Y pensez-vous? Elle appellera au secours.

— Non. A peine murmurera-t-elle quelques paroles d'amour et ses gestes ne seront point pour vous repousser, au contraire. Elle dort d'un sommeil que j'ai moi-même dosé.

— Vraiment. Vous la détestez donc bien ?

— Cela ne vous regarde pas. Dans tous les cas cet exploit est pour vous sans danger, vous y trouverez un plaisir qui sera partagé et vous reviendrez triomphant, compléter ici votre victoire.

— Vous êtes certaine que je ne cours aucun danger? Songez donc ; si elle criait.

— Il n'y a à avoir aucune crainte et avant d'entrer, j'irai moi-même m'assurer de la situation.

Ils causèrent jusqu'à minuit. Le silence régnait

depuis longtemps dans l'hôtel pacifique. Les locataires étaient couchés, les lumières éteintes. De la ville aucun bruit ne montait. Colette prit une petite lampe et, doucement se rendit chez Emilie, qu'elle trouva dormant profondément. Elle l'appela doucement, lui souleva le bras, l'embrassa, ce fut à peine si elle fit quelques mouvements, prononça quelques paroles. Satisfaite de son inspection elle retourna trouver Hernandez et lui dit :

— Vous pouvez agir sans crainte, venez.

Elle le conduisit jusqu'au lit où reposait la jeune femme :

— Voyez comme elle est belle, lui dit-elle en la découvrant à demi. Venez me rejoindre ce matin.

Silencieuse comme un fantôme, elle disparut, fermant sans bruit les portes, laissant Hernandez en présence de sa victime.

L'américain eut un instant d'épouvante en se voyant dans une chambre, près d'un lit où était étendue une jeune femme. La couverture légère montrait ses formes admirables, sur l'oreiller reposait sa tête, les yeux à demi clos semblaient le fixer et les lèvres rouges souriaient, découvrant des dents petites, blanches comme du lait. La respiration régulière soulevait la poitrine, une main était étendue sur le drap, les doigts effilés semblaient jouer doucement avec l'étoffe. Rapidement Hernandez reprit son sang-froid, son émotion momentanée disparut, remplacée par des idées de luxure. Il toussa fort pour bien s'as-

surer qu'Emilie dormait, s'approcha de la couche et doucement, toucha la petite main, la souleva, agita le bras, parla à l'oreille, baisa le front, puis les joues et sûr enfin de l'impunité se dit qu'il serait un sot de ne point profiter d'un pareil trésor mis à sa disposition.

Colette attendait dans sa chambre le résultat de son épouvantable machination. Elle avait éteint sa lampe, une veilleuse, comme un point rouge, brillait sur la cheminée, répandant quelques jets d'une lumière fâlote sur un candélabre de cuivre, au coin de la glace. Plus l'absence du brésilien se prolongeait plus sa joie grandissait. A travers les rideaux de la fenêtre pénétra une clarté pâle annonçant l'aurore. Rapidement, le ciel s'éclaira, les premiers rayons de soleil firent briller les toits humides, la rue s'anima. Des clochers, l'Angelus sonna : et les sifflements des locomotives mêlèrent leurs bruits déchirants aux sons harmonieux du bronze.

A ce moment un bruit se fit entendre dans l'hôtel. Un voyageur arrivait, sans doute. Il y eut en bas des échanges de paroles, quelqu'un monta l'escalier. Colette reconnut le pas lourd d'un homme. Elle se leva du fauteuil où elle était étendue et écouta.

— C'est lui, dit-elle en constatant que le voyageur s'arrêtait dans le couloir.

C'était Réval, en effet, qui, voulant surprendre agréablement Emilie, avait pris au bureau de l'hôtel la double clef du logement dont il ouvrait avec précaution la porte. Traversant sur la pointe des pieds le petit salon, il pénétra dans la chambre à coucher, tira les grands rideaux de la fenêtre et la lumière remplit la pièce. Il s'approcha du lit et à la vue du couple endormi, enlacé, poussa un cri rauque qui réveilla Hernandez. Le malheureux n'eut pas le temps de se mettre en défense, d'appeler, Réval qui, en voyage, avait toujours sur lui un revolver, tira deux balles qui traversèrent la poitrine de celui qu'il croyait son rival, dont le corps inanimé retomba comme une masse sur le lit défait qui fut couvert de sang.

Emilie s'était éveillée au bruit de la double détonation. Le soporitif qu'elle avait absorbé n'exerçait plus son influence, elle vit Réval, menaçant, la face convulsée, tenant encore à la main l'arme fumante, le brésilien étendu sur la largeur du lit dont les deux pieds empêchaient tout mouvement de ses jambes, le sang chaud qui coulait sur la blancheur des couvertures. Elle comprit l'horreur de sa situation et s'écria en tendant les mains vers son amant :

— Ce n'était donc pas toi ?

Au bruit, employés de l'hôtel et locataires étaient accourus. Les plus courageux se précipitant sur Réval l'avaient désarmé ; il s'était effondré sur une chaise et d'un regard de fou contemplait cette scène.

La foule avait envahi la maison, encombrait la rue, se livrant à tous les commentaires que fait naître un assassinat que l'on croit avoir eu pour mobile la jalousie. Les questions et les réponses se mêlaient, personne n'écoutait, chacun voulait parler.

La police avertie fit enlever le corps d'Hernandez, interrogea, rédigea des notes, et voulut voir dans Emilie une complice volontaire de la victime qu'elle aurait attirée chez elle en l'absence de Réval. La malheureuse s'évanouit. Revenue à elle de nouvelles questions lui furent posées, elle ne varia pas dans ses réponses:

Après son dîner, prise d'un grand besoin de repos qu'elle attribuait à la surexcitation nerveuse causée par l'arrivée prochaine de celui qu'elle attendait avec tant d'impatience, elle s'était couchée, endormie d'un sommeil lourd et quand un homme s'était approché de son lit, lui prenant les mains et les couvrant de baisers, elle avait cru au retour de Réval.

Celui-ci, contrairement aux magistrats qui n'y voyaient qu'une excuse peu ingénieuse, d'une coupable prise en flagrant délit, crut aux affirmations, aux larmes, aux protestations désespérées de la jeune femme. Grâce à ses relations il fut laissé en liberté en attendant le jugement et il conduisit Emilie, malade, dans une maison de campagne qu'il loua, près de Nancy. Après quelques jours de soins, elle retrouva un peu de calme. Réval la soignait, la surveillait, craignant quelque acte de désespoir. Elle pleurait, appelait la mort, protestant de son innocence et rejetant tout l'odieux de l'abominable attentat dont elle avait été victime, sur le brésilien qui jamais ne lui avait adressé la parole quand elle l'avait par hasard rencontré.

— Est-ce qu'il était seul ? lui demanda-t-il un jour.

Elle lui raconta alors qu'elle l'avait vu en compagnie de Mme d'Olbreux, comment elle avait connu celle-ci et termina par le dîner qui précéda la catastrophe :

— Mais c'est elle qui a tout organisé, s'écria Réval, qui a amené à ta porte ce misérable, qui la lui a ouverte et t'a livrée.

— Pourquoi aurait-elle commis un pareil crime ?

— Pourquoi. Parce qu'elle a été ma femme, qu'elle m'a forcé de quitter la France afin de pouvoir vivre à sa fantaisie ; qu'elle a été la maîtresse en titre d'un ministre et a profité de cette situation pour obtenir le divorce. Puis, séparée de son amant, ayant appris par les journaux la situation de fortune que j'avais honnêtement acquise, elle me poursuit depuis mon retour en France pour redevenir sinon ma femme au moins ma maîtresse. Elle t'a vue, tu lui as naïvement raconté ton existence, elle a voulu nous séparer ; tu sais par quel moyen.

— Oh la misérable ! Mais ce n'est pas vrai, ce n'est pas possible !

— Ce qu'elle a fait avec moi permet de croire qu'elle est capable de commettre un crime.

Lorsque la justice eut prononcé son arrêt sur l'affaire de la rue Saint-Dizier, Réval et Emilie se retirèrent dans la propriété qu'il avait achetée près de Vacon. Une maison coquette perdue dans la verdure avait sa façade principale du côté de la plaine de la Meuse et tout près, pareille à une coupe colossale, était un bassin immense alimenté par des sources dont la poussée vigoureuse se faisait sentir du fond à la surface, par des bouillonnements inégaux qui montaient rapidement d'abord, puis le bassin s'évasant, se calmaient et formaient au sommet de petites vagues, des tourbillons changeant à chaque seconde d'aspect et de forme. En s'échappant du bassin l'eau mettait en mouvement un moulin ; ensuite un second, enfin une usine. C'était un ruissellement de cristal en fusion, un bruit de torrent en colère, s'écroulant sur les roues massives, lançant une pluie abondante qui tombait en gouttes pressées dans le bassin inférieur, s'attachaient aux murs d'où semblaient sourdre des milliers de petites sources. Le ronronnement sourd et régulier des meules broyant le grain ; le tic-tac mêlant sa note sèche à ce grondement, et quelquefois la sonnette d'appel annonçant que la trémie est vide, que les meules tournent sans utilité dans leurs prisons de bois formaient avec les bruits de l'eau furieuse un concert assourdissant et charmant, malgré sa cacophonie.

Emilie après une longue maladie qui avait failli l'emporter était entrée en convalescence. Pendant quelque temps on avait craint la folie, car dans son délire elle poussait des cris de terreur, suppliant un persécuteur imaginaire de l'épargner, ces cris étaient généralement suivis d'un calme qui semblait le signe précurseur de la mort. Heureusement le corps guérit, la raison ne sombra pas, mais il resta le souvenir cuisant de ce qui s'était passé et la jeune femme comprenait que cette infamie dont elle avait été la victime inconsciente pèserait sur toute sa vie, empêcherait la réalisation de ses rêves d'avenir et serait pour elle une tâche dont jamais elle ne pourrait se débarrasser. En vain Réval évitait la moindre allusion à ce passé, en vain il se montrait affectueux, prévenant, souriant :

— Dès que je serai rétablie, disait-elle il faudra nous séparer, il faut nous habituer à cette idée pour que, le moment venu, la crise ne soit pas trop douloureuse.

Réval songeait à son ancienne femme, auteur de cet effondrement de ses rêves dorés. Il la supposait retournée à Paris et cherchait un moyen de s'en délivrer ; Colette était devenue son cauchemar dans les rêves de ses nuits fiévreuses et agitées, il la voyait au milieu d'épaisses ténèbres, apparaître comme un fantôme. Dans la nuit noire se dessinait lentement une forme vague qui, peu à peu prenait l'apparence d'un être humain et la lumière qui semblait éclairer ce point devenant plus vive, il voyait les contours d'une femme dont le bas du corps restait comme enveloppé dans un voile épais qui n'en laissait deviner que les parties saillantes. Le buste apparaissait plus nettement ; les bras, la poitrine, les épaules dans une demi-clarté, montraient la perfection de leurs formes, le cou et la tête étaient en pleine lumière. Les yeux bleus, la bouche sensuelle au provocateur sourire, les cheveux blonds formant comme un diadème orné de diamants, au-dessus du front blanc, semblaient être d'une personne naturelle par leur mobilité, leur fraîcheur, leur éclat.

Puis la lumière allait s'affaiblissant, l'apparition prenait peu à peu l'aspect d'une ombre qui se mêlait à la nuit qui l'enveloppait, il ne restait bientôt plus que la figure avec ses yeux brillants, son sourire qu'un machiniste invisible faisait brusquement disparaître. Et Réval se prenait à haïr encore plus cette femme qu'il avait tant aimée, dont il avait été la victime et qui le poursuivait même pendant son sommeil.

Un matin il se promenait près de sa maison, songeant à Emilie, trop faible encore pour quitter sa chambre, lorsqu'il aperçut, se dressant à quelques pas devant lui, Colette, la Colette de sa jeunesse, dont il avait par amour, fait sa femme, celle de ses rêves, toujours belle, plus belle même que douze années auparavant, qui le regardait en souriant. Il s'arrêta, stupéfait. Elle s'approcha, vint se mettre à son côté, lui prit une main qu'il retira avec un sentiment de dégoût des doigts fuselés qui la pressaient doucement :

— Veux-tu m'aimer encore, oublier le passé ? lui dit-elle.

— Quand votre victime est là à quelques pas, luttant contre la mort, vous osez me parler d'amour! répondit-il tremblant de colère.

— C'est parce que je t'aime que j'ai été cruelle, aie pitié de moi.

— Jamais, vous me faites horreur. J'aime cette pauvre fille qui ne vous avait rien fait, dont vous avez brisé l'existence.

— Elle s'était mise entre nous deux, en même temps que naissait en mon cœur un amour immense pour toi, la jalousie, une jalousie terrible, qui me brûlait le sang, faisait mes jours sans repos, mes nuits sans sommeil, me rendait folle. Cette femme est devenue mon ennemie parce qu'elle avait pris ma place.

— Cette place, vous l'avez volontairement abandonnée.

— C'est vrai, mais je voulais la reprendre ; devenir ton esclave obéissante, cherchant à satisfaire tous tes caprices, te rendre l'existence aussi douce que je te l'avais faite triste. Dis veux-tu me reprendre, tu verras comme je t'aimerai.

— Jamais! vous me faites horreur, laissez-moi!

Il la repoussa vivement.

— Eh bien je n'insiste plus, je m'en vais, mais avant de nous séparer pour toujours, dis-moi que tu me pardonnes et laisse-moi t'embrasser une dernière fois.

— Je vous pardonne, dit-il tout bas, mais je ne vous promets pas d'oublier.

Elle se rapprocha de lui, il se baissa, tendant sa joue sur laquelle elle appuya longuement ses lèvres. Elle fit durer longtemps ce baiser, il n'osait pas l'arrêter, quand elle eut fini elle murmura :

— C'est bon d'embrasser l'homme que l'on aime, c'est la première fois que je jouis de cette ivresse, ce sera la dernière. Un seul baiser où la femme se donne tout entière, ce n'est pas trop quand il ne sera pas suivi d'un second. Adieu.

Elle s'éloigna lentement, se dirigeant du côté du gouffre dont on entendait le grondement à quelques pas, se retourna, posa sur ses lèvres ses deux mains, envoya des baisers à Réval, resté à sa place :

— Adieu ! cria-t-elle.

Il comprit et s'élança pour l'arrêter. Il allait la rejoindre au bord du bassin quand elle s'élança et disparut dans les tourbillons. Il ne pouvait songer à se jeter après elle, c'était la mort certaine. A ses appels quelques hommes accoururent, armés de longues perches, et attendirent que le corps remontât à la surface. Bientôt on le vit dans l'eau agitée, roulé par les vagues du fond, tournoyer, s'arrêter, reprendre sa danse folle, enfin arriver en pleine lumière, et emporté par la violence des flots trop à l'étroit dans le vaste bassin, les suivre dans leurs évolutions, échappant à une vague, saisi par une autre, s'enfonçant comme attiré par une force invisible, puis repoussé à la surface par une force contraire. On put, après bien des tentatives, le saisir, le déposer sur la rive et le transporter avec beaucoup de précautions chez Réval.

On déshabilla Colette pour lui donner des soins, tenter de ramener la vie, mais la mort avait accompli son œuvre. Dans une des mains de la jeune femme on trouva un portrait, c'était celui de son ancien mari.

Réval et Emilie quittèrent le pays, celle-ci retirée dans sa chambre ne pouvant point et ne voulant point sortir, ne voyant personne, avait ignoré le sinistre événement.

Courbevoie. — Imprimerie E. BERNARD, 14, rue de la Station.

Les Petites Femmes de Japhet

Par JEAN DE BAIRYS

UN VOLUME GRAND IN-8° o o o

o o o AVEC 24 PHOTOTYPIES EN COULEURS

PRIX : 5 FRANCS

Petite Encyclopédie pratique

AGRICOLE ET HORTICOLE

PUBLIÉE SOUS LA DIRECTION DE

M.-C. LECHALAS, inspecteur gén. des Ponts et Chaussées en retraite.

Duclaux (E.), membre de l'Institut, Directeur de l'Institut Pasteur. — **Principes de laiterie.**

Chapitre I. Constitution physique du lait. — Chap. II. Constitution chimique du lait. — Chap. III. Les microbes du lait. — Chap. IV. Etude de quelques fermentations spéciales. — Chap. V. Méthode d'analyse du lait. — Chap. VI. Traitement commercial du lait. — Chap. VII. Ecrémage naturel. — Chap. VIII. Ecrémage centrifuge. — Chap. IX. Barattage du lait ou de la crème. — Chap. X. Le beurre. — Chap. XI. — Principes généraux de la fabrication des fromages. — Chap. XII. Etudes des divers types de fromages. — Chap. XIII. Fromages à pâte ferme et non cuits. — Chap. XIV. — Fromages à pâte molle.

Un volume in-18 jésus, de 370 pages avec 25 figures. Prix : **3 fr. 50**

Gain (Georges), juge d'Instruction. — **Les Syndicats professionnels agricoles.**

Nouveau commentaire de la loi du 21 mars 1884, suivant la doctrine et la jurisprudence, et examen critique des propositions de loi présentées par MM. Marcel Barthe, Bovier-Lapierre, Lachèze et Méline.

Un volume in-18 jésus, de 377 pages. Prix : **2 fr.**

Heuzé (G.), insp. gén. de l'Agriculture. **La petite culture, agricole, légumière et fruitière, dans les campagnes et aux environs des villes.**

Chapitre I. La petite culture dans les régions agricoles. — Chap. II. Les exploitants. — Chap. III. Les agents de la production. — Chap. IV. Le matériel de la petite culture. — Chap. V. Les plantes de la petite culture agricole. — Chap. VI. Les plantes de la petite culture légumière. — Chap. VII. Production des plantes herbacées. — Chap. VIII. Production et récolte des graines légumières. — Chap. IX. Le bétail de la petite culture. — Chap. X. Les volailles de la petite culture. — Chap. XI. Les lapins. — Chap. XII. Les abeilles. — Chap. XIII. Les vers à soie. — Chap. XIV. Les arbres fruitiers dans les champs de la petite culture. — Chap. XV. Le jardin de la petite culture. — Chap. XVI. Récolte, emballage et vente.

Un volume in-18 jésus, de 401 pages avec 121 figures. Prix : **2 fr.**

Larbalétrier (A.), prof. d'Agriculture. — **Petit dictionnaire d'agriculture, de zootechnie et de droit rural.**

Un vol. in-18 jésus, de 199 pages, avec 23 fig. Prix cartonné : **2 fr.**

Lechalas (M.-C.) inspecteur général des Ponts et Chaussées en retraite, et de **Lalande (H.)** avocat au Conseil d'Etat. — **Les Cours d'Eau. — Hydrologie. — Législation.**

1re Partie : Hydrologie. — Chapitre I. Généralités. — Chap. II. Torrents, lacs et rivières. — Chap. III. Petits cours d'eau et fossés de dessèchement. — Chap. IV. Cultures permanentes.

2e Partie : Législation. — Chapitre I. Des cours d'eau navigables et flottables. — Chap. II. Des cours d'eau non navigables ni flottables.

Un volume in-18 raisin de 348 pages avec 35 figures. Prix : **2 fr.**

Nivoit (E.) inspr gén. des Mines — **Éléments de Géologie.**

Cet ouvrage comprend les matières du programme de l'enseignement secondaire classique et moderne.

Chapitre I. Notions sommaires sur les roches. — Chap. II. Phénomènes naturels d'origine externe. — Chap. III. Phénomènes actuels d'origine interne. — Chap. IV. Constitution générale de l'écorce du globe. — Chap. V. Ère primaire. — Chap. VI. Ère secondaire. — Chap. VII. Ère tertiaire. — Chap. VIII. Ère quaternaire. — Chap. IX. — Géologie de la France.

Un vol. in-18 jésus, de 359 pages avec 156 fig. et 1 carte géologique. Prix : **2** fr.

Petit (P.) professeur à la faculté des sciences de Nancy. — **Nutrition et production des animaux, bœuf, cheval, mouton, porc.**

Chapitre I. Les Aliments. — Chap. II. Description des matières alimentaires. — Chap. III. Le corps de l'animal et ses fonctions. — Chap. IV Production des animaux. — Chap. V, Espèces bovine. — Chap. VI. Espèce Ovine. — Chap. VII. Espèce chevaline. — Chap. VIII. Espèce porcine, — Tables des compositions des matières alimentaires.

Un volume in-18 jésus de 331 pages. Prix : **2** fr.

Pion (Ernest), vétérinaire-inspecteur du marché de la Villette. — **Le commerce de la boucherie.**

Chapitre I. Renseignements généraux. — Chap. II. Élève et engraissement des bestiaux. — Chap. III. Commerce des bestiaux. — Chap. IV. Commerce de la boucherie en gros, ou commerce à la cheville. — Chap. V. Commerce de la boucherie, de la charcuterie et de la triperie. — Chap. VI. La viande : qualités, catégories ; fournitures aux établissements publics. — Chap. VII. Détails des prix de la boucherie dans les villes et dans les campagnes. — Chap. VIII. Abaissement possible du prix de la viande. — Chap. IX. Inspection de viandes. — Chap. X. Organisation de la vente aux consommateurs à Paris et en province. — Chap. XI. Boucheries hippophagiques. Règlements. — Chap. XII. Conclusion.

Un vol. in-18 jésus, de 359 pages avec fig. et 1 pl. Prix : **2** fr.

Renard (A.), professeur de chimie agricole à l'École des Sciences de Rouen. — **Amendements et engrais.**

Chapitre I. L'air. — Chap. II. — L'eau. — Chap. III. Le sol. — Chap. IV. Amendements. — Chap. V. Engrais azotés. — Chap. VI. Engrais phosphatés. — Chap. VII. Engrais alcalins. — Chap. VIII. Analyse des terres. — Chap. IX. Analyse et valeur vénale des engrais. — Tableau récapitulatif de la richesse en principes fertilisants des principales matières employées comme engrais. — Répression des fraudes dans le commerce des engrais.

Un volume in-18 jésus, de 124 pages avec figures. Prix : **2** fr.

Vilmorin-Andrieux. — **Les légumes usuels.**

Les légumes usuels sont disposés dans l'ordre alphabétique pour faciliter les recherches. On a inséré à la fin du second volume :

1° Un tableau résumé des poids du litre de graines, des nombres de graines dans un litre et des durées germinatives.

2° Un calendrier des Semis à faire dans chaque mois pour les différentes conditions de culture, avec indication des époques de production.

3° Un tableau détaillé des choix de plantes potagères pour les divers climats et les différentes conditions de culture.

4° Des listes d'assortiments de légumes pour jardins de diverses grandeurs.

Deux vol. in-18 jésus. ensemble 610 pages avec figures.

Prix : **3 fr. 50** par volume.

L'introduction de cette excellente étude, a été écrite par M. H. de Vilmorin.

Prix de la collection complète des 11 volumes : **25** francs.

Petite Encyclopédie Electro-Mécanique

PUBLIÉE SOUS LA DIRECTION DE

H. de GRAFFIGNY, Ingénieur civil

N° 1, 2e édit. Manuel élémentaire d'électricité industrielle.

I. Nature de l'électricité, comparaison avec l'hydraulique. Lois diverses. — II. Générateurs hydro-électriques, accumulateurs et piles. — III. Mesure des courants, étalons, appareils de mesure. — IV. Electro-magnétisme et électro dynamique, lois. — V. Générateurs mécaniques d'électricité. Réversibilité. — VI. Générateurs thermo-électriques et divers. — VII. Production de la lumière électrique. — VIII Production des signaux, télégraphes et téléphones. — IX. Phénomènes électro-chimiques.

N° 2, 2 édit. Conducteur de Dynamos et Moteurs électriques

I. Dynamos à courant continu. — II. Fonctionnement des dynamos. — III. Construction des dynamos. — IV. Installation et conduite des dynamos. — V. Entretien et réparation des dynamos. — VI. Fonctionnement des alternateurs. — VII. Les alternateurs. — VIII. les moteurs électriques. — Appendice.

N° 3. Les piles et les Accumulateurs.

I. Fonctionnement des piles et classification. — II. Description des piles usuelles. — III. Entretien des piles. — IV. Fonctionnement des accumulateurs. — V. Description des accumulateurs. — VI. Montage et installation des accumulateurs. — VII. Charge et décharge, soins d'entretien. — VIII. Accessoires de manœuvre des batteries. — IX. Groupes électrogènes à piles. — Appendice.

N° 4. Les canalisations électriques.

I. Méthodes diverses de distribution des courants continus. — II. Canalisations aériennes à courants continus. — III. Canalisations souterraines. — IV. Distribution par courants alternatifs à haute tension. — V. La fabrication des fils, câbles et accessoires. — VI. Pose des canalisations, jonction des fils. — VII. Soins d'entretien des lignes, réparations. — VIII. Calcul des canalisations

N° 5. Chauffeur-Conducteur de Machines.

I. Fonctionnement d'une machine à vapeur. — II. Descriptions des systèmes actuels. — III. La chaudière, calcul, disposition. — IV. Les appareils de sûreté. — V. Conduite du feu. — VI. Alimentation, les incrustations — VII. Soins d'entretien et de réparation des pièces de la chaudière. — VIII. Mécanisme moteur, détail des pièces, description. — IX. Mise en place et en marche d'un moteur. — X. Détente, marche économique, etc. — XI. Soins d'entretien et de réparations.

N° 6, 2e édit. Conducteur de Moteurs à gaz et à pétrole.

I. Fonctionnement d'un moteur à gaz. — II. Description des principaux systèmes de moteurs à gaz. — III. Conduite des moteurs à gaz. — IV. Soins aux divers organes, huiles de graissage. — V. Les moteurs à essence (air carburé). Description. — VI. Conduite et entretien des moteurs à essence. — VII. Moteurs à pétrole lampant, avantages et inconvénients. — VII. Les moteurs à gaz pauvre, descriptions. — IX. Les gazogènes. — X. Appendice, tableaux divers.

Nº 7. — Guide pratique d'éclairage électrique.

I. La lumière électrique, historique. — II. Distributions d'éclairage, stations centrales, procédés divers. — III. Description des lampes à arc. — IV. Branchement et pose des arcs, mise en marche, entretien. — V. Démontage et réparation des lampes à arc. — VI. Fabrication des lampes à incandescence. — VII. Appareillage de distribution, tableaux, rhéostats, coupe-circuits, douilles, etc. — Appareils de lumière divers, projecteurs, microscope photo-électrique, etc. — Appendice.

Nº 8. — Le Monteur-Appareilleur-Électricien.

I. Travaux du monteur, outillage. — II. Pose des canalisations domestiques, jonctions, épissures des fils, etc. — III. Pose des lampes à incandescence, isolement des fils. — IV. Appareils de mesure, compteurs, etc. — V. Soins d'entretien, cassage des lampes, courts-circuits. — VI. Installation d'un moteur ou d'une dynamo, mise en marche, etc. — VII. Montage de divers appareils électriques.

Nº 9. — Transport électrique des forces.

I. Transmission de l'énergie, théorie, historique. — II. Les moteurs hydrauliques actuels. — III. Stations électriques avec moulins à vent. — IV. Transformateurs par courant continu. — V. Transport par courants alternatifs. — VI. Les transformateurs à haute tension. — VII. Installation d'une station pour l'envoi de la force. Machines à employer, etc. — VIII. Installation et soin des moteurs à courants continus et alternatifs polyphasés. — IX. Les tramways électriques, systèmes divers.

Nº 10. — Réseaux téléphoniques et sonnettes.

I. Les sonnettes électriques, description des divers modèles. — II. Pose des sonnettes, outillage, soins d'isolement, plans de pose. — III. Entretien de sonnettes, nettoyage, piles. — IV. Fonctionnement du téléphone et du microphone. — V. Description des appareils en usage. — VI. Installation de deux postes magnétiques. — VII. Pose des lignes, isolement des fils, soins divers. — VIII. Remèdes contre l'induction (friture), réparations des lignes et des postes. — IX. Renseignements divers sur les téléphones.

Nº 11. — Manuel de l'Electro-Chimiste.

I. — Théorie des dépôts électrolytiques, historique. — II. Appareillage pour l'électro-chimie, dynamos, piles, bacs, cuves, conducteurs. — III. Galvanoplastie le moulage, les bains. — IV. Le cuivre, affinage, dépôt électrolytique. — V. La dorure et l'argenture. — VI. Le nickelage. — VII. Conduite des bains, densité de courant. — VIII. Formules et recettes. — Appendice.

Nº 12. — L'Électricité pour tous.

I. Générateurs d'électricité domestiques, piles et machines. — II. Lumière électrique domestique par piles. — III. Lumière domestique par dynamos et machines. — IV. Moteurs domestiques, emplois divers. — V. La cuisine électrique. — VI. Pose des sonnettes, téléphones, avertisseurs domestiques. — VII. Les allumoirs et appareils divers. — VIII. Electricité médicale. — IX. Les appareils trouvé.

Prix de chaque volume : broché. **1 fr. 50** relié. **2 fr.**

La collection de 12 volumes : brochés **15 fr.** reliés **20 fr.**

Petite Encyclopédie
Scientifique et Industrielle

PUBLIÉE SOUS LA DIRECTION
de **Henry de GRAFFIGNY**
INGÉNIEUR CIVIL

La Télégraphie sans Fil

Le mouvement de la nature. — Historique de l'art des signaux. — Télégraphie sans fil par ondes lumineuses, par ondes électro-magnétiques, par ondes électriques. — Les expériences de Marconi. — L'appareillage de télégraphie sans fil et les expériences de M. Ducretet. — Expériences diverses : Popoff, Tesla, etc. — Applications de la télégraphie sans fil.

Un volume de 160 pages et 43 figures. *Prix :* **1** fr. **50**

Les Nouveaux Ascenseurs

Définition et classification des ascenseurs. — Les ascenseurs à puits, à compensateurs, sans puits, électriques, hydro-électriques, à air comprimé. — Les manœuvres et la sécurité des ascenseurs. — Les monte-charges. — Les ascenseurs hydrauliques pour bateaux et pour chemins de fer.

Un volume de 160 pages et 57 figures. *Prix :* **1** fr. **50**

Les Nouveaux Systèmes de Chauffage

I. Production et utilisation de la chaleur. Théorie et classification des appareils de chauffage. — II. Le chauffage par le soleil. — III. Chauffage par cheminées et grilles au bois, au coke, à la houille, aux agglomérés, etc., etc. — IV. Chauffage par l'air chaud, calorifères et poêles. — V. Chauffage par la vapeur à haute et à basse pression. — VI. Chauffage au gaz. — VII. Chauffage par le pétrole, l'essence, l'alcool. — VIII. Le chauffage électrique.

Un volume de 160 pages et 48 figures. *Prix :* **1** fr. **50**

L'Opticien
Guide historique et pratique
Par JACQUEMIN

Historique de la lunette et de la fabrication du verre. — Fusion du verre. — Verre de couleurs. — Cristal de roche. — Myopie. — Presbytie. — Strabisme. — Choix des verres et des montures. — Verres périscopiques et sphéro-cylindriques. — Cataracte. — Anatomie de l'œil. — Mécanisme de la vision. — Vision. — Prismes. — Jumelles à prismes. — Optomètres. — Sphéromètre. — Lunette astronomique. — Jumelle de théâtre et de marine. — Tableau comparatif des anciens numéros sur les Dioptries. — Divers caractères d'écritures pour essayer la vue.

Un volume de 160 pages et ... figures *Prix :* **1** fr. **50**

Courbevoie. — Imp. E. Bernard, 12, rue de la Station.

Courbevoie. — Imprimerie E. Bernard

www.ingramcontent.com/pod-product-compliance
Ingram Content Group UK Ltd.
Pitfield, Milton Keynes, MK11 3LW, UK
UKHW031905260826
14628UKWH00003B/1009

9 782329 023595